# ポイント・オメガ

# Point Omega

Don DeLillo

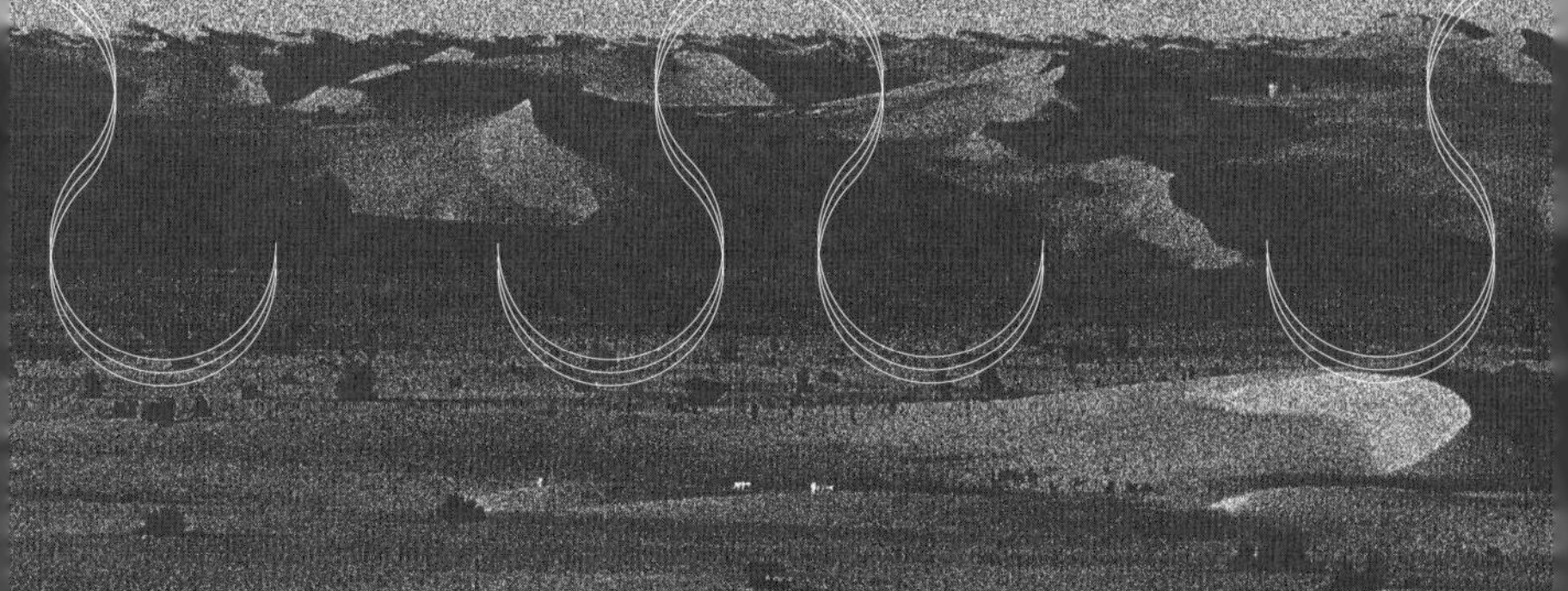

# ポイント・オメガ

ドン・デリーロ

都甲幸治訳

水声社

フィクションの楽しみ

# 二〇〇六年、　晩夏／初秋

# 匿名の人物 Ⅰ

九月三日

北側の壁の前に男が立っていた。姿はほとんど見えなかった。人々は二、三人ずつ入ってきて、暗闇のなかに立ち、スクリーンを見て出ていった。入口からほとんどなかに入ってこなかったり、もっと大人数でぶらぶら入ってきたり、観光客がぼうっとしたりした。彼らはスクリーンを見て、体重を一方の脚からもう一方へ移動させると、出ていった。

展示室に椅子はなかった。スクリーンは何の支えもなしに立っていた。三メートル×四メートルほどの大きさで、それほど高い位置にはない。スクリーンは半透明で、何人かが部屋にとどまると、なんとなく反対側まで歩いていった。そしてもう少しだけ部屋にいて、出ていった。

展示室は肌寒く、明かりといえば、ぼんやりと灰色に揺らめくスクリーンの光だけだった。再び北側の壁を見ると、ほぼ完全に真っ暗で、一人で立っている男は手を顔に近づけ、スクリーンの人物の動作をとてもゆっくりと繰り返していた。展示室の自動ドアが開いて人が入ってくると、その背後から光が斜めに入ってきた。遠くでは人々が集まり、美術書や絵はがきをあれこれと眺めていた。

映画には会話も音楽もなかった。サウンドトラックがまったくなかったのだ。ちょうどドアを入ったところに美術館の警備員がいた。出ていく人たちはときどき彼を見て、目を合わせようとした。そうやって意思の疎通みたいなものを図ることで、自分の当惑を正当化しようとしたのだ。どの階にも他の展示室があったので、永遠とも思える時間をかけて何かが起こりつつある、人気《ひとけ》のない部屋にいても仕方なかった。

壁の前にいる男はスクリーンを見ていた。そして壁沿いに歩き、スクリーンの反対側に出た。そこでは同じ動作が反転して見えた。アンソニー・パーキンスが車のドアに右手を伸ばす。アンソニー・パーキンスがスクリーンのこちら側では右手を伸ばし、反対側では左手を伸ばしていることを彼は知っていた。知ってはいたが、それでも見る必要を感じて、暗闇を横の壁沿いに歩き、スクリーンのこちら側、そして反対側のアンソニー・パーキンスを見ようとしてじりじりと数十センチ進んだ。アンソニー・パーキンスは左手、間違ったほうの手を伸ばして車のドアを開けた。でも、左手を間違ったほうの手だと言えるだろうか。スクリーンの反対側よりこちら側のほうが正しくない、なんてどうして言えるだろう。

もう一人の警備員がやってきて、警備員同士でしばらく静かに話していた。そのあいだも自動ドアが開き、子連れや子連れでない人々が入ってきた。男は壁の前まで戻り、今や身動きもせずに、アンソニー・パーキンスが振り返るのを見ていた。

カメラがほんの少し動くだけで、時間と空間がとても大きく変化した。しかし、いまやカメラは止まっていた。アンソニー・パーキンスが振り返っている。それはまさしく整数といえた。アンソニー・パーキンスの徐々に振り返る動きを、見ている人は数えることができた。アンソニー・パーキンスの動きは一続きのものというより、五つの動作の連なりだった。矢や鳥の飛行とは違って、まるで壁のレンガのように、見ている人はそれをはっきりと数えることができた。いや、何かに似ているとか似ていないとは言えなかった。アンソニー・パーキンスの細い首の上で頭がゆっくり旋回していた。

まじまじと見て、はじめてこのことがわかった。集中したまま数分間、他の人の出入りがわからなかったことに気づいた。彼は必要なだけ集中して映画を見られた。こうした映画だから完全に集中することが可能だったし、また、そうしなければならなかった。映画が無慈悲なほどゆっくりだったせいで、その遅さに対応できるほど注意深く、かつ必要なだけ集中していられる観客が見るのでなければ、この映画に意味はなかった。彼は立ったまま見た。アンソニー・パーキンスが振り向くあいだ、科学や哲学やその他の名もないあれこれに関する多くの想念が流れていったように思えた。あるいは、彼は見すぎていたのかもしれない。だが、見すぎることは不可能だった。見るべきものが少なければ少ないほど、彼はよりしっかりと見ようとしたし、たくさんのものを見た。これこそ重要だった。ここにあるものを見ること。見て、自分が見ているということを知ること。時間の流れを感じること。ほんの小さな動きのなかで起こっていることに気づくこと。

誰もが殺人者の名前を覚えていた。ノーマン・ベイツだ。だが、犠牲者の名前は覚えていなかった。アンソニー・パーキンスはノーマン・ベイツだ。ジャネット・リーはジャネット・リーだ。犠牲者の名前は、彼女を演じた女優の名前でなければならなかった。ノーマン・ベイツの所有する人里離れたモーテルに入っていったのはジャネット・リーだ。

彼は三時間以上も立ったまま見ていた。もう五日連続で見に来ていた。今日はこのインスタレーションの最終日の前日で、その後は他の街に巡回するか、あるいは倉庫にしまわれるのだった。

入ってくる誰も、何があるか知らないようだったし、まさにこれがあると知っている者は誰もいなかった。

元の映画の上演時間が二十四時間にまで引き延ばされていた。彼が見ていたのは純粋な映画、純粋な時間だった。ゴシック映画のあからさまな恐怖は、時間のなかに溶け込んでいた。彼はどれだけここに立っていたら、何週間、あるいは何カ月立っていたら、この映画の時間の流れに一体化できるだろう。あるいは、もう一体化しはじめているのだろうか。彼はスクリーンに近づき、三十センチほどの距離から、映像の断片や画面の乱れ、震える光のせわしない動きを見ていた。何度かスクリーンの周りを回った。今や展示室には誰もおらず、彼はスクリーンに対して様々な角度や地点に立つことができた。後ろ向きに歩きながら、常にスクリーンを眺めていた。どうしてこの映画が音無しで上映されているのか、彼は完全に理解していた。サイレントでなければならないのだ。普段の思い込み、仮定や推測や当たり前のことの向こう側にある深みへと、この映画は個々人を連れて行かなければならないのだ。

彼はドアのわきにいる警備員の横を過ぎて、いちばん北にある壁の前に戻った。警備員はそこにいたが、部屋にいる人数にはふくまれない。警備員は見られないためにここにいた。それが彼の仕事だった。警備員はスクリーンの端のほうに向いていたが、どこも見てはいなかった。ただ部屋に誰もいないとき、美術館の警備員が見ているものを見ていた。壁の前の男もいたが、警備員は彼を人数には入れていなかった。そして男もまた警備員を人数に入れてはいなかった。男は何日も続けてここに来ていたし、毎日長時間ここにいた。いずれにせよ、男は壁の前に戻り、暗闇のなか、身動きをしなかった。

俳優の目が、痩せこけた眼窩のなかでゆっくりと水平に動くのを彼は見ていた。俳優の目で見たら何が見えるか、彼は想像したのだろうか。あるいは、俳優の目は彼を探していたのだろうか。

閉館時間までいるだろうことを彼は知っていた。今から二時間半後だ。そしてまた朝には戻ってくる。彼は二人の男が入ってくるのを見ていた。年長の男は杖をつき、旅行後のように着崩れた背広を着ていた。長い髪は首筋のところで結んであった。おそらく名誉教授か、映画学者だろう。そして若い男はくだけたシャツにジーンズ、運動靴という姿だった。助教授といったところか、痩せていて、やや神経質そうだった。二人はドアから離れ、隣の壁沿いの薄暗がりに入っていった。彼は二人をもう少し眺めた。学者たち。映画や映画理論、映画の文法、映画と神話、映画の論理学、映画の形而上学をよく知る者たちだ。ジャネット・リーは服を脱ぎはじめていた。シャワーを浴びながら血まみれになるために。

全員が何かを見ていた。彼は二人を見ていた。二人はスクリーンを見ていた。アンソニー・パーキンスはジャネット・リーが服を脱ぐのを穴から見ていた。

誰も彼を見てはいなかった。これこそ彼が心のなかに抱いているかもしれない理想世界だった。自分が他人にどう見えるか彼にはわからなかった。自分にさえどう見えるかわからなかった。彼は母親が見るときのように見えた。だが彼の母親はもう亡くなっていた。ここで上級生に質問だ。他の人から見て、彼はどう見えるかね？

彼ははじめて、他の人がいても嫌だと思わなかった。この二人の男にはここにいるための強固な理由があった。そして彼は、二人もまた自分が見ているものを見ているのだろうかと思った。もしそうだとしても、多くの映画作品リストや複数の学問領域に言及しながら二人が引き出す結論は、彼のものとは異なるだろう。作品リスト。その言葉を聞くと彼は頭を後ろにのけぞらせたものだった。まるでその言葉と自分とのあいだに、病気が伝染しないだけの距離を取ろうとするようにだ。

私はシャワーのシーンの長さを測りたいのかもしれない、と彼は思った。そして、そんなこと絶対にしたくない、と思った。もともとの映画ではそれは短いシーンだと、一分未満の、短くて有名なシーンだと知っていたし、引き延ばされたそのシーンも数日前に見ていた。すべての動きはバラバラになり、緊張感や、恐怖や、メンフクロウの泣き声のような、脈打つ切迫した音は消えていた。カーテンリング、彼がいちばんはっきりと覚えているのはそれだった。シャワーカーテンが引きちぎられ、リングがレールで回転している。通常の速度では失われてしまう一瞬だ。ジャネット・リーの倒れた体の上で、四つのリングがゆっくりと回転している。悲惨な死の上の偶然の詩。血に染まった水がシャワーの排水口でうねり波立つ。一瞬一瞬。そして遂に渦を巻きながら排水される。

彼はどうしてももう一度見たかった。カーテンリングを数えたかった。四個だったかもしれないし、もしかしたら五個、あるいはもっと多いか、少ないかもしれない。隣の壁にいる二人の男も熱心に見ているだろうと彼は知っていた。われわれは何かを共有している、われわれ三人は──と彼は感じた。特異な出来事が引き起こす、めったにないたぐいの仲間意識だった。もしも彼がいることを他の二人が知らないとしても、だ。

ほとんど誰も一人では入って来なかった。何人かそろって、一団で足を引きずりながら入ってきては、短時間ドアのあたりをぶらつくと出ていった。一人か二人が向きを変えて出ていくと、他の者も続く。向きを変え、ドアに行き着くまでの一瞬で、彼らは何を見たか忘れてしまう。劇団員のようだと思った。彼は考えた。映画とは孤独なものだ。

ジャネット・リーは何が起こっているのかずっと気づかない状態にいる。服を床に落とすのを彼は見た。彼ははじめて理解した。白黒こそ、観念としての映画、心のなかの映画に相応《ふさわ》しい唯一のあり方だと。それがなぜかを彼はほぼ理解したが、完全にではなかった。近くに立っている男たちなら、それがなぜかを知っているのかもしれない。この寒く暗い空間で、この映画はどうしても白黒でなければならなかった。そのことで色彩という効果もまた削ぎ落とされる。動きが人生の基本部分に近い何ものかに変えられていくように、物もゆっくりと退いていく。何が起こるか知らないジャネット・リーが細かく描写されていく。

そして二人は出ていった。ためらいもなくドアに向かった。これをどう考えていいのか彼にはわからなかった。自分への当てつけかとも思った。杖をついた男と助手のために、背の高いドアが横に滑って開いた。二人は出ていった。なんなんだ、退屈したのか？　二人は警備員の前を通りすぎ、出ていった。彼らは言葉で考えなきゃならない。それが問題だった。動きがあまりに遅すぎたので、映画に関する彼らの語彙では捉えられなかったのだ。この解釈がほんの少しでも正しいかどうか、彼にはわからなかった。この速度で映される映像の鼓動を彼らは感じ取れなかった。彼は思った。映画に関する彼らの語彙は、カーテンレールやリングや鳩目穴を捉えられなかったのだ。なんだろう、認識の平面、だろうか。彼らは自分では真剣だと思っているが、そうではない。そして真剣でないなら、ここにはいられない。

そして彼は思った。何に対する真剣さだろう？

誰かが部屋のある地点まで歩いて行き、スクリーンに影を映した。

この体験には忘却という要素が含まれていた。彼は元の映画を忘れたかった。あるいは少なくともその記憶を、侵入してくることのない、遠い参照項にしておきたかった。他にも今週中に見て、再び見たこのバージョンの記憶もあった。ノーマン・ベイツを演じるアンソニー・パーキンス、水を渡る鳥の首、鳥の横顔。

この映画を見ていると彼は、まさに自分は映画を見ている誰かなのだと感じた。このことの意味は彼にはわからなかった。感じている物事の意味がわからなかった。でもこれは本当の映画ではなかった。そのはずだ、厳密には。これはビデオだった。だが映画でもあった。広い意味では彼は映画を、動画を、多少なりとも動く映像を見ていた。

彼女はとうとう、閉じたトイレの蓋の上にローブを置いた。

磨り減った運動靴を履いた若いほうはこの部屋に留まりたかったんだろう、と彼は思った。しかし、髪を結っている古典的理論家についていかなければならなかった。でなければ大学での未来を損なうことになるのだろう。

さて、階段落ちだ。まだまだ先のことだろう。もしかしたら何時間もかかるかもしれない。私立探偵のアーボガストが後ろ向きに階段を落ちていく。顔を深く切られ、両目を見開き、両腕をぐるぐる回しながら。このシーンを彼は週の始めごろ見たのだったか。もしかしたらつい昨日のことかもしれない。どの日に何を見たかがはっきりとわからない。アーボガスト。この名前が左脳のうす暗い片隅に深く食い込んでいた。ノーマン・ベイツと探偵アーボガスト。元の映画を見てから何年もの時を越えて、彼はこうした名前を覚えていた。階段のアーボガストが永久に落ちていく。

二十四時間。ほとんどの日、この美術館は五時半に閉まった。美術館は閉まっても展示室は閉まらなければいいのに、と彼は思った。始めから終わりまで、二十四時間連続してこの映画を見たかった。上映がはじまったらもう誰も入れないことにして。

ある意味で、彼が見ているのは歴史だった。世界中の人が知っている映画というのは歴史なのだ。彼はこんなふうに考えて楽しんだ。この展示室は保存された場所みたいなものだ――死んだ詩人の山荘や静かな墓地、中世の礼拝堂のような。さあ、ベイツ・モーテルにようこそ。だが誰もこんなことには気づかなかった。彼らが見るのはバラバラの動きだけ、ほとんど静止し、麻痺した生命となりかけた映画だけだ。彼は人々が見ているものが何かわかっていた。芸術作品でぎっしりの輝く六階建ての建物にある、脳死状態の一室だ。元の映画こそが、彼らにとっては重要なのだ。キッチンシンクに皿が沈んだ家にある、テレビ画面の上で繰り返されるありふれた体験が。

彼は脚に疲れを感じていた。毎日、何時間も立ち続けたこと、立っている体の重みによる疲れ。二十四時間だ。一体誰が肉体的に、あるいは他の意味で耐え抜けるだろう？　こんなふうに根本的に変容した時間の平面のなかで、一昼夜ぶっ続けで生き抜いたあと、彼は歩いて外に出られるだろうか？　暗闇のなか立ち続け、スクリーンを見続けて。今見ている。彼女の顔の前で水が踊るさまを。彼女はタイル張りの壁を滑り落ちていく。シャワーカーテンに手を伸ばし、ぐっと握り締め、体の動きを止めようとする。そして彼女は息絶える。

シャワーヘッドから落ちる水はラグタイム・ダンスのように踊り揺れる。揺れと震えの幻だ。二十四時間ぶっ続けで見たあと、自分が誰かも、どこに住んでいるかも忘れて、彼は外へ出ていくのだろうか？　もしくは今の映写方法でも、もし上映時間が延長されて、それを毎日見たら、一日五、六時間を何週も見続けたら、彼はこの世界に住むことができるのだろうか？　自分はそんなことをしたいのだろうか？　この世界とはどこにあるのか？

数えてみたらリングは六つだった。彼女がカーテンを下に引っ張ったとき、リングはカーテンレールで回転していた。ナイフ、静寂、回っているリング。

目の前で起こっていることを見るには、よく集中しなければならなかった。自分が眺めているものをきちんと見るには努力が、宗教的なまでの忍耐が必要だった。彼はこうしたことに魅了された。運動を遅くすることで生まれる深さに、見るべき物事に、習慣となった浅い見方ではすぐに取り逃してしまう物事の深さに。

ときどき観客がスクリーンに影を落とした。

彼はあるものともう一つのものとの関係について考えはじめた。この映画と元の映画との関係は、元の映画と現実の人々の経験との関係と同じだ。これは離脱からの離脱なのだ。元の映画は作り事だが、これは現実だ。

これには意味が存在しない。彼は思った。でももしかしたら、そうではないのかもしれない。今日という日が漏れ出していった。入ってくる人が少なくなり、やがて誰も来なくなった。この暗闇のなか、壁の前以外、彼がいたいと思う場所はどこにもなかった。

登場人物の後ろで、部屋全体がレールの上を滑っていくようだった。動いているのは登場人物だったが、動いて見えるのは部屋のほうだった。一人しか見るべき登場人物がいない、あるいはもしかしたら、誰もいないシーンにこそ、彼はより深い興味を覚えた。

上から眺めた空っぽの階段。映画はサスペンスを掻き立てようとしていたが、結局生き延びたのは静寂と不動だけだった。

これだけの時間を費やして、やっと彼は理解しはじめた。自分はここに立ったまま何かを待っているのだ。何だろう？　今の今まで、それは意識による認識の外にあった。彼は女性がやってくるのを待っていたのだ。女性がたった一人で来るのを。そして彼は話しかける。この壁の前で、ささやき声で、もちろん言葉少なに。あるいはその後どこかで、意見や印象を彼女と交換する。見たものについて、何を感じたかについて。そうだよな？　彼は考えていた。女性がやって来て、しばらく見ている。壁の前に自分の場所を見つける。一時間、三十分、それで充分だ、彼女は真剣で、柔らかい口調で話し、淡い色のサマードレスを着ている。

まいったな。

生々しかった。この速度は奇妙なほど生々しかった。身体は音楽的に動いた。ほとんど動かないというやり方で。十二音技法だ。ものごとはほとんど起こらなかった。原因と結果が徹底して引き離され、それゆえ彼は生々しさを感じた。この世界の、われわれが理解していないものすべては現実として存在するのだ、と言われたような感じだった。

ドアがスライドして開き、同じ階の遠くのほうから穏やかな人通りの音が聞こえてきた。人々はエスカレーターに乗り、店員はクレジットカードを読取機に通し、他の店員は博物館の光沢のある袋に商品を投げ込んでいる。光と音、言葉のない単調な響き、人生を越えたもの、そして世界を越えたものの模造品、そこで呼吸をし、ものを食べている明るい奇妙な現実、映画ではない何か。

# 1

真の人生は、書かれ、話される言葉では表現できない。誰も、決して。真の人生が体験できるのは、一人きりで、考え、感じ、思い出に浸り、まるで夢のなかでのように自分を意識しているとき、顕微鏡では捉えられないほど微小な瞬間においてだ。エルスターはこれを何度も、何通りにも言った。彼は言った。何もない壁を見ているとき、夕食のことを考えているとき、私は自分の人生を体験する。

八百ページある伝記はただの、命のない憶測でしかない、と彼は言った。

彼がこんなふうに言うとき、私は彼をほぼ信じた。彼は言った。我々は常にこうしている、我々みんなだ、あれこれと考え、ぼんやりしたイメージを心に浮かべ、いつ死ぬんだろうと何気なく思いながら、我々は自分自身になる。気づいていようがいまいが、我々はこんなふうに生き、考えるのだ。列車の窓から外を眺めながら抱く取り止めのない考え、瞑想中に恐怖とともに浮かぶ、ぼやけた小さな染み。

太陽は焼けつくようだった。彼が求めていたのはこれだ。激しい熱が体のなかに入って来るのを感じ、体そのものを感じ、報道と交通による吐き気と彼が呼ぶものから体を取り戻すこと。

ここは都市や散在する街から隔たった砂漠だった。彼はここで食べ、眠り、汗をかく。何もせず、座り、考える。家があり、あとは隔たりしかなかった。眺望も見晴らしもなく、ただ隔たりだけだ。彼は言った。自分はしゃべらないためにここにいる。彼の話し相手は私だけだ。彼は最初少しずつ黙りはじめた。日没時には決してしゃべらなかった。株券や債券を持った退職者の優雅な日没などなかった。エルスターにとって、日没とは人間の作ったものだ。光と空間を知覚的に配置し直し、感嘆すべきものに仕立て上げたもの。我々は見て、感嘆した。名付けられていない色や地形がはっきりしていく、輪郭や大きさが明確になっていくにつれて空気が震えた。最後の光のなかで、彼が違うものを、途切れることのない、誰が作ったわけでもない不安を感じていると私が思ったのは、二人の年齢差のせいかもしれない。沈黙についてもこれで説明がつくだろう。

　家屋は哀しげな混合物だった。波うったトタン屋根に羽目板の壁、その前には未完成の石造りの道があり、家の片側からは後付けのテラスが飛び出している。このテラスで我々は黙ったまま時間を過ごした。空は松明《たいまつ》に照らされ、高く白い月の明かりを受けた丘がほんのり近くに見えた。報道と交通。スポーツと天気。これらは彼があとにした人生を表す辛辣な言葉だった。心を頑なにして戦争を遂行した二年間だ。そんなものは背景の雑音でしかなかった——彼はサッと手を振りながら言った。手で否定の動きをするのが好きだった。危険度の査定をし、政策に関する文書を作成した。諸機関からメンバーを集めた特別調査委員会だ。彼はよそ者だった。一定の支持率を持つ学者だったが、政府での仕事の経験はなかった。戦略立案者や軍事専門家とともに、安全な会議室でテーブルについた。彼の言葉をそのまま引用すれば、彼は物事を概念化するためにそこにいた。軍隊の配置や対ゲリラ活動などを包括的に捉える認識や原則を考え出すためにそこにいたのだ。彼は言った。自分は機密扱いの海外電報や部外秘の議事録を読む許可を得ていた。彼は海外に駐在している専門家のおしゃべりを聞いた。諜報機関の形而上学者、ペンタゴンの夢想家だ。

ペンタゴンE環の三階だった。巨体のやつらが威張って歩いてた、と彼は言った。こういったこと全部を彼は空間や時間と交換した。そうしたものを毛穴から吸収しているようだった。風景のすべての特質を隔たりが包み込んでいた。そして地質学的な時間の力があった。そこらへんのどこかにだ。発掘者たちが紐で格子を作り、風化した骨を探していた。

私にはずっと言葉が見えていた。熱、空間、静寂、隔たり。それらは目に見える心境となった。このことが何を意味しているのか、私にはよくわからない。私には孤立した人物の姿が見えていた。物理的な次元の向こうに、こうした言葉の生み出す感覚が見えた。感覚は時間とともに深まっていく。もう一つの言葉、それは時間だ。

私は車を運転して行き、見た。彼は家にいて、影の帯のなか、きしむテラスに座って本を読んでいた。私は涸れ河を歩き、名前のない小道を登った。いつも水を、どこに行くにも水を持ち、いつも帽子を、つばの広い帽子を被り、首にスカーフを巻いていた。そして太陽が激しく照りつける高台に立ち、立ったまま景色を眺めた。砂漠は私の視野を越えて拡がっていた。私にとって砂漠は異質な、SF的な存在だった。それは私を満たすと同時に遠くにあった。そして私はここにいることを強いて自分に信じさせなければならなかった。

彼は自分がどこにいるかわかっている、と私は考えた。彼は椅子に座ったまま、原始世界がそここにあることに気づいていた。一千万年前の海や暗礁だ。彼は目を閉じ、その後起こった生命の絶滅がどんなものだったかを静かに見抜いていた。子供の絵本に出てくる草が生い茂った平野、幸せそうなラクダや巨大なシマウマ、マストドン、サーベルタイガーの群れ。

絶滅は今の彼が関心を抱いている主題だった。風景によって主題が浮かんでくるのだ。広大さと閉所恐怖症。これが主題になりそうだった。

リチャード・エルスターは七十三歳で、私はその半分以下だった。彼は自分の住むここに来るようにと私を誘ったのだ。古い家で、あまり家具はなく、ソノーラ砂漠かモハベ砂漠か、あるいは全然別の砂漠にある、どこでもない場所の南のどこかにあった。そんなに長い滞在にはならないよ、と彼は言った。

今日で十日目だった。

私は彼と二度、ニューヨークで話したことがあった。だから私が何を考えているのか彼にはわかっていた。彼が政府にいたころ、イラクに関する騒々しい発言や叱り声のなかで何をしていたのかに関する映画を私は撮ろうとしていて、彼に出演してほしかった。

実際には彼は唯一の出演者だった。彼の表情、彼の言葉。私に必要なのはそれだけだった。

最初彼は断った。それから、決してやらないと言った。最後に、彼は電話してきて、この件について話し合おう、でもニューヨークやワシントンじゃだめだと言った。影響が大きすぎる。私はサンディエゴに飛び、車を借りて東に走り、山に入った。山は道路の曲がり角から急にはじまっているように見えた。晩夏の入道雲が湧き上がっていた。そして茶色の丘を下って行った。落石注意の標識や斜めになった刺だらけの茎の塊を過ぎると、ようやく舗装道路が終わり荒れた小道に入った。エルスターが鉛筆で描いてくれた地図の霞《かす》んだ雑な線を見ながらしばし迷った。

到着したのは暗くなったあとだった。

「温かい感じの照明が当たったビロードの肘掛け椅子も、背景の書棚に並んだ本もありません。一人の男と壁だけです」私は彼に言った。「男はそこに立ったまま経験したことを全部語ります。思いつくこと全部を。様々な人物、推測、詳細、感覚。その男はあなたです。画面の外から質問する声はありません。いろんなところに差し挟まれる戦闘場面や、画面に映ったり声だけだったりする他の人のコメントもありません」

「他には?」

「単純な顔写真だけです」

「他には?」

「どんな沈黙もあなたの沈黙です。私はただ撮り続けます」

「他には？」

「ハードディスク付きのカメラです。カットせず、ずっと回します」

「どれくらいの長さ？」

「あなた次第ですね。ロシアの映画があります。長編劇映画で、アレクサンドル・ソクーロフの『エルミタージュ幻想』です。長回しのワンショットだけで撮られていて、千人の俳優やエキストラ、三つのオーケストラ、歴史、幻想、群衆シーン、舞踏場のシーンと続き、映画がはじまって一時間経ったところで給仕人がナプキンを落とします。カットはありません、カットなんて無理なんです。カメラは廊下を飛んで行き角を曲がります。九十九分の長さです」私は言った。

「でもそれはアレクサンドル・ソクーロフって名前の男の話だろう。きみの名前はジム・フィンリーじゃないか」

もしその言葉を彼が笑みを浮かべながら言っていなかったら、私は笑い出したことだろう。エルスターはロシア語が話せたので、監督の名前を荒々しく派手に発音した。そのせいで彼の言葉にはいっそうの自己満足が込もった。粗っぽい動きでたくさんの人々を撮るつもりはない、という点を明確に指摘することもできたろう。だが、私はただその冗談をやり過ごした。非常に穏やかな訂正すら、彼は受け入れるような人間ではなかった。

彼はテラスに座っていた。皺の寄った木綿のズボンを穿き、とても大きな威厳を帯びた背の高い男だ。大体の日、彼は上半身裸でいた。日陰にいるときも日焼け止めを分厚く塗っていて、彼の銀髪は結われ、短いポニーテールになって下がっていた。

「十日目です」私は彼に言った。

朝には彼は大胆に太陽と向きあった。ビタミンDの量を増やす必要があったのだ。そして両腕を太陽のほうに上げた。こうやって神様にお願いしてるんだ、と彼は言った。そのせいで知らないうちに異常な組織ができてもかまわない。

「ある種の警告は、従うより無視するほうが健康なことがあるんだ。わかっていると思うが」彼は言った。

彼は面長で血色が良かった。顎の両脇から少し肉が垂れ下がっていた。鼻は大きく、表面にぽつぽつと穴があいていて、目は灰色がかった緑だったかもしれない。眉毛はぼうぼうと広がっていた。結われた髪はいかにも他の部分から浮いて見えそうに思えたが、そんなことはなかった。いくつかの房になっているのではなく、頭の後ろで大きな一つの房に結われていた。そのせいで一種の文化的独自性を帯びていた。傑出の印、部族の長老としての知識人という趣だ。

「これは流刑なんですか？　あなたにとってここは流刑地なんですか？」

「ウォルフヴィッツは世界銀行に行ったね。あれが流刑さ」彼は言った。「これは違う。精神的な隠遁だ。この家はもともと、最初の妻の家族にいた誰かの持ち物だった。何年ものあいだ、私はときどきここに来た。ここで書いたり、ものを考えたりしたのさ。他の場所ではどこでも、一日は戦いからはじまった。街の道を歩く一歩一歩が戦いだった。他人と戦い続けた。ここでは違う」

「でも今回は何も書いていませんね」

「本を書かないかという話は来ている。特別に許可を得た部外者の目から見た作戦本部室を書いてみないかという話だ。でも私は本なんて書きたくない。どんな本も」

「あなたはここで座っていたい」

「今この家は私の持ち物で、朽ち果てるに任せている。ここにいると時間の流れがゆっくりになる。時間の流れがわからなくなる。私は風景を見るというより感じる。今日が何月何日かなんて全然わからない。一分経ったのか一時間経ったのか、全然わからない。私はここでは歳を取らないんだ」

「私もそんなふうに言えたらいいんですが」

「自分には答えが必要だ。君はそう言いたいのかい？」

「私には答えが必要です」

「戻れば君の人生がある」

「人生ですか。ちょっと強すぎる表現ですね」

彼は座ったまま椅子に頭をもたせかけると、目を閉じ、太陽のほうを向いた。

「君は独身だ。そうだろう？」

「別居中です。別居したんです」私は言った。

「別居か。なんて聞き慣れた響きだろう。企画の合間にしている仕事はあるのかい？」

もしかしたら、彼は企画という言葉に致命的な皮肉っぽい響きを与えないよう努力していたのかもしれない。

「ときどき入る仕事をやってます。制作の仕事とか、編集とか」

今や彼は私を見ていた。おそらく私が誰なのかと考えていたのだろう。

「どうしてそんなに痩せてるのか、前に訊いたかな？　君は食べてる。私と同じように食べてるのに」

「食べてるみたいです。確かに食べてます。でも全部のエネルギーが、全部の栄養が映画に吸い取られてしまうんです」私は彼に言った。「体には何も行かないんですよ」

彼はまた目を閉じた。汗と日焼け止めが額をゆっくりと流れるのが見えた。私が一人で作った映画について彼が訊ねてくるのを待った。それは訊かれたくない質問だった。でも彼は会話に興味を失ってしまった。あるいは単に、満ちあふれる彼の自我には、そうした細部に耳を傾けるつもりがないのかもしれない。そのうち彼は、私の実績ではなく、そのときの気分に基づいて許可するか拒絶するのだろう。私は屋内に戻り、ノートパソコンで電子メールをチェックした。外部世界との接触がほしかったが、自分は間違ったことをしているとも感じていた。まるで、はっきりとは述べられることのない創造的隠遁の取り決めを自分が破っているような気がした。

彼は主に詩を読んでいた。若いころ読んだ本を再読してるんだ、と彼は言った。ズコフスキーやパウンドを、ときに声に出して。リルケも原語で読んでいた。ときどき、『ドゥイノの悲歌』の一行か二行だけを囁いた。彼は自分のドイツ語を磨いていた。

私が作った映画は一本しかない。映画の案だと言う人もいた。私はそれを作り、仕上げ、人々が見たが、彼らは何を見たのだろう？　案だ、と彼らは言った。いまだ案でしかない。

私はそれを記録映画とは呼びたくなかった。でもそのすべては記録、古い映画フィルムや一九五〇年代のテレビ番組をフィルムに撮ったものの再構成でできていた。これらは社会的、歴史的素材だったが、情報や客観性が失われてしまうほど激しく編集したせいで、もはや記録とは呼べなくなっていた。そのなかに私は何か宗教的なものを見出していた。そんなふうに思っていたのは私だけだったかもしれない。宗教的で、熱狂的で、我を忘れたある男。

その男は最初から最後まで画面に出てくる、ただ一人の登場人物だった。喜劇役者のジェリー・ルイスだ。これは初期のテレソンに出演していたジェリー・ルイスだった。テレソンとは一年に一度、筋萎縮症の患者を助けるための寄付を募るテレビ番組のことだ。ジェリー・ルイスが朝から晩まで、そして次の日もテレビに出続ける。英雄的で、悲喜劇的で、現実離れした光景だった。

私は初期の何年間かのテレビの記録映像を見た。遠い過去の一瞬一瞬だ。それは別の文明、二十世紀半ばのアメリカだった。こうした映像は、核時代の放射線を浴びた灰からもがき出ようとしている、科学的に生み出された異常な生命体に似ていた。すべての出演者や出し物、映画俳優、ダンサー、障害のある子供たち、スタジオの聴衆、バンドを私は消し去った。映画に出てくるのはジェリーだけだ——純粋に彼のやることだけ。ジェリーがしゃべり歌い泣く、ジェリーがしわくちゃのシャツを着て、ボウタイを緩《ゆる》め、襟のボタンを外し、肩の周囲をアライグマが飛び回っている、ジェリーが朝四時に国中の愛と驚きを一身に集めながらアップになっている。クルーカットで汗だくのこの男は半ば狂乱状態だ。病気をめぐる芸術家である彼は、苦しんでいる子供たちを救うために金を送れと我々に懇願する。

私はしゃべりまくる彼をめちゃくちゃな順番で編集した。ある年の彼が別の年の彼に徐々に変わっていくのだ。あるいは音もないままジェリーがおどけている。X脚で出っ歯の彼がトランポリンの上で、スローモーションで飛び跳ねる。古くて損なわれた映像だ――信号は不安定に乱れ、音声に不意に雑音が入り、映像に縞模様が入る。彼はドラムのスティックを鼻の穴に入れ、ハンドマイクを口に入れる。私はサウンドトラックに現代音楽を加えた。音の列、響きわたる低音だ。その音楽には簡潔なドラマ性があり、そのおかげでジェリーは特定の瞬間から切り離され、もっと大きな、歴史の外にある場所に移行し、神からの使命を帯びた男となった。

私は上映時間のことで悩んだ。結局五十七分という奇妙な長さに落ち着いた。映画は二つのドキュメンタリー映画祭で上映された。上映時間は百五十七分でもよかったし、四時間でも六時間でもよかった。その映画のおかげで私は疲れ切り、ぼろぼろになり、ジェリーの狂った分身になった。両目が顔から飛び出しそうだった。ときにやり方がまずいせいで物事は困難になる。この映画がまずかったとは思わない。でもエルスターにはこの作品のことは知ってほしくなかった。だって自分が後継者だと、舞台上を大暴れする喜劇のあと画面に現れたシリアスな役者だと知ったら、彼はどう思うだろう。

妻がかつて私に言ったことがある。「映画、映画、映画。もしこれ以上あなたが集中したら、ブラックホールになっちゃうでしょうね。宇宙の特異点よ」彼女は言った。「どんな光も外に出られないの」

私は言った。「壁があります。知っている壁が。ブルックリンにある倉庫の上階の壁です。広くて汚くて工業的な場所ですよ。昼でも夜でも好きなときに行けるんです。壁は全体が白っぽい灰色で、ヒビや染みもあります。でも邪魔なものなんて何もないんです。人に見せようとしてわざわざデザインされた部分なんてないんですよ。その壁は正しいと思うんです。その壁のことを考えるし、夢にも見ますよ。目を開けばそこに見えるし、目を閉じても見えるんです」

「君はこの映画をどうしても撮らなきゃならないんだね。なぜだい」彼は言った。

「その質問の答えは、あなたです。あなたの言うこと、最後の数年間についてあなたが教えてくれるだろうこと、あなた以外誰も知らないこと」

我々は家のなかに入った。もう遅かった。彼は古い皺くちゃのズボンを穿き、汚れたトレーナーを着ていた。大きな足には洒落た革のサンダルを履いていた。

「これだけは教えてあげよう。戦争によって閉じた世界ができあがる。実際に戦っている者たちだけじゃない、陰謀を張りめぐらせる者も戦略を練る者もそのなかにはいる。とはいえ、彼らにとっての戦争とは、頭字語、予測、不慮の事故や方法論のことだがね」

彼は単語を吟唱した。礼拝のように朗唱した。

「彼らは自分たちが使うシステムのせいで麻痺してしまう。彼らにとっての戦争は抽象的だ。自分たちは軍を地図上の点に送り込んでいると考えている」

自分は戦略家じゃなかった、と彼は不必要に言った。彼が何だったのか、彼が何であるはずだったのかを私は知っていた。通常の資格を持たない、国防の専門家だ。そして私がこの表現を使うと、彼は顎に力を入れ、最初の数週間や数カ月はよかったと誇らしげに語った。自分が参加していることには何の意味もないと気づきはじめる前のことだ。

「現存するどの地図も、我々が作り出そうとしている現実とは合わないことがあった」

「どんな現実ですか?」

「瞬きするごとに、我々はこうしたことをしてるんだよ。人間の認識とは、作り出された現実の連なった大河小説さ。でも我々は、認識や解釈において人々が同意した限界を超えて物事を創造していった。嘘は必要なんだ。国家は嘘をつかなきゃならない。戦争や戦争準備において、正当化できない嘘なんて存在しない。我々はそれさえも超えた。一夜のうちに新たな現実を生み出そうとしたんだ。入念に言葉を組み合わせた。まるで広告のキャッチフレーズみたいに、覚えやすく繰り返しやすい表現を練り上げたのさ。こうした表現はついに映像を生み出し、三次元の存在となる。現実は立ち上がり、歩き、しゃがむのさ。もちろん実在はしないけどね」

彼は煙草は吸わなかったが、その声には砂のような響きがあった。ひょっとしたら単に歳のせいでしゃがれていたのかもしれない。ときどき声がこもってほとんど聞こえなくなることがあった。我々はしばらく座っていた。彼はソファの真ん中にだらしなく座り、部屋の上の角のほうを見ていた。スコッチの水割りを入れたコーヒーのマグカップを腹のあたりで握っていた。

ついに彼は言った。「俳句だよ」

私は思慮深く、馬鹿みたいにうなずいた。そういうふうにゆっくり動くことで、彼の言葉を私が完全に理解していることを示そうとした。

「俳句には表現されたこと以外なにもない。夏の池。風に吹かれた葉。俳句とは自然のなかに置かれた人間の意識だ。定められた行数、決まった音節数で語られる、すべてへの答えだよ。私は俳句のような戦争を欲していた」彼は言った。「私は三行で表現できる戦争を欲していた。これは戦力や兵站とは関係がない。私が欲していたのは、儚《はかな》いものに関係づけられた一連の思考だった。これが俳句の魂だ。すべてを剝ぎ取り、はっきりと見えるようにする。そこにあるものを見てごらん。戦争のなかのものは儚い。そこにあるものを見て、それはいずれ消え去るのだと心の準備をすることだ」

「あなたはこの言葉を使ったんですね。俳句」私は言った。

「その言葉を使ったよ。そのために私はそこにいたんだ。彼らに言葉や意味を指し示すために。彼らが使ったことのない言葉、物事を見たり考えたりする新しい方法だ。おそらく、ある会議で私はこの言葉を使ったと思う。彼らは椅子から転げ落ちはしなかったよ」

転げ落ちなかった男たちについて、私は何も知らなかった。だがエルスターのことを理解しはじめていたし、彼のやり口はどんなだったのだろうと考えたりもした。だからといって、結局のところそれは重要ではなかった。彼が他の人々に与えた印象など私には興味がなかったのだ。興味があったのは、そうした経験のなかで彼がどんな感情を抱いたかということだけだ。自分が間違っていると思ったり、軽率だったと感じたり、怒ったり、うんざりしたこと。行数と音節数か。

老人の臭う足いやな夏の夜。なんてね。

「あなたは戦争を欲していた。もっとましな戦争を」私は言った。

「今でもさ。巨大な力は行動しなくちゃならない。我々は激しい攻撃を受けた。我々の手に未来を取り戻さなきゃならないんだ。意志の力、腹の底からぐっと感じる欲求さ。我々の世界や意識を他のやつらの手に委ねることなんてできない。やつらにあるのは、既に命を失った古い専制的な伝統でしかない。我々には生きた歴史があるし、その歴史の真ん中に自分はいるんだと私は思っていた。でもその部屋にあの男たちと一緒にいて、重要なのは優先順位、統計学、評価、合理化といったことだけだった」

もはや礼拝のような陰鬱さは彼の声にはなかった。彼は疲れて無表情で、あまりに物事から遠ざかってしまい、自分の怒りをきちんと表現できていなかった。余計なことを言って、彼にこれ以上語らせることは避けようと私は思った。必要になったら彼は語ってくれるだろう。自分からカメラの前で。

彼はスコッチを飲み干したが、まだマグカップをベルトの辺りで握っていた。私はウォッカのオレンジジュース割りを飲んでいて、氷はもう溶けていた。私の飲み物は、飲み物としての人生における、ある段階に達していた。薄くなった最後の一口を飲むと、哀しい内省に、自己憐憫と自己嫌悪のあいだあたりに誘われるという段階に。

我々は座ったまま考えていた。

私は彼のほうに目をやった。もうベッドで寝たかったが、彼がそうする前に部屋を出るべきじゃないと思った。なぜそう思ったのかはわからない。別の晩には、彼を置いて出たこともあった。完全に静かだった。部屋のなかも、家のなかも、外も、すべてだ。窓は開いていた。ただ夜しかなかった。そして台所で鼠取りが動く音がした。ハンマーが解き放たれ、罠が飛び上がった。

今や三人になった。でもエルスターはそのことに気づいていないようだった。


ニューヨークでは彼は必要でもない杖をついた。片方の膝がいつも痛んだのかもしれなかったが、その杖という付属品を持つに至ったのは感情的な理由からだった。私にはわかっていた。ニュースと交通情報を司る集団から外されたすぐあとに、彼は杖をつきはじめたのだ。彼は膝を人工関節に取り替える手術について漠然と話した。私にというより、むしろ自分に向かって語っていた。そうした話をすることで自分を憐れんでいたのだ。エルスターはどこにでもいるような気がした。部屋の四隅すべてにだ。彼はそんなふうにして印象を強めていた。私はその杖が好きだった。おかげで彼のことがしっかりと見えるようになった。おかげで彼は公開された写真よりもずっと良く見えた。ちゃんと保護された、世界と同じ大きさの子宮のような穴でしか生きられない男、物事や人間関係の持つ、すべてを平らにしてしまう傾向とは無縁な男。

砂漠での日々において、彼を興奮させ、見た目上の平静を破るものなどほとんどなかった。我々の車は四輪駆動だった。これは必須だった。そしてここで何年か過ごしていたにもかかわらず、彼はまだ道路でないところを走ることに、あるいはどこであれ車で走ることそのものに、慣れようと努めているように見えた。車のカーナビを設定してくれ、と彼は私に頼んだ。そのシステムを使いたい、問題なく動くか見てみたいと彼は思っていたのだ。控えめな男性の声でカーナビが既にわかっていることを伝えると、彼はしぶしぶにではあれ満足した。あ、と二・二キロ先で右折してください。そんなふうにしてカーナビは彼を町の食料品店まで導いた。往き四十キロ、帰り四十キロだ。我々二人のために彼は毎晩料理してくれた。自分が夕食を作ると言い張ったのだ。ある種の食べ物は避けておこう、食後の体への影響を考えよう、といった彼ぐらいの年齢の人にありがちな配慮はまったく感じられなかった。

私は自分の車を運転して、遠くにある小道の起点を探しに行き、それから座席に座ったまま、映画について思いを馳せ、映画を撮り、砂岩の荒野を眺めていた。また、断崖絶壁の峡谷に車で入っていき、乾いてひび割れた硬い大地を横切り、灼熱のなか、車を泳がせた。そして様々なことを思った。自分のアパート、小さな二つの部屋、家賃、請求書、応えられることのない電話、もうそこにはいない妻、別居した妻、コカインを常用している管理人。年配の女性が階段をあとずさりながら降りていく――ゆっくりと、永遠に、四階分を、あとずさりながら。そして私はどうしてそうするのか、彼女には決して訊かなかった。

私はエルスターが数年前に書いた「レンディション《することと》」という題のエッセイについて彼に話した。それが学術的な雑誌に掲載されるとすぐ、左翼たちは批判しはじめた。ひょっとしたらこれも彼の目論見どおりだったのかもしれなかったが、私がそのページに見出したのは、重要なことは何かを明らかにしようとする、密かな挑戦の気持ちだけだった。

最初の文章はこうだ。「政府とは犯罪的な事業体である」

最後の文章はこうだ。「もちろん将来、男たちや女たちは個人閲覧室でヘッドフォンをし、政府の為した犯罪に関する秘密のテープを聞くだろうし、他の者たちはコンピュータの画面で電子的な記録を調べるだろうし、他の者たちは檻のなかで激しい身体的苦痛を与えられる男たちを撮影した、回収されたビデオテープを見るだろうし、ついに他の者たちは、あくまで他の者たちは、閉じられた扉の向こうで、生身の人間たちに厳しい質問を浴びせかけることだろう」

最初と最後の文章のあいだで展開されているのは、「レンディション」という言葉に関する考察である。中期英語、古期フランス語、俗ラテン語やその他の出典や語源が扱われている。始めのほうで、エルスターは「レンダリング《すること》」の意味の一つを引用する——レンガ積みの表面を漆喰で塗って覆うことだ。ここから彼は、特に名前が記されていない国における壁に囲まれた場所に読者の注意を促し、質問の一方法へ話題を移す。強化された尋問技術と彼が呼ぶものを用いるこの方法は、尋問されている人物を降伏させる（これも「レンディション」の意味の一つだ——諦めること、あるいはものを返すこと）のが目的だ。

私は発表時にはこのエッセイを読まなかった。それについて何も知らなかったのだ。エルスターを知る前にこのエッセイのことを知っていたら、私はどう思っただろう？　語源と秘密の刑務所。古期フランス語、廃フランス語と協力者による拷問。エッセイは「レンディション」という言葉をめぐって書かれていた。知られているかぎりでの古い用例、語形と意味の変化、元の形、文字や音節を重ねた形、接尾辞をつけた形。脚注はまるで巣でとぐろを巻く蛇のようだった。けれどもアメリカ国外の秘密軍事基地や第三者の国々、国際条約や国際協定については特に言及していなかった。

彼は語の進化を有機物の進化と比べていた。

真の人生を経験するには言葉は必要ないと彼は論じていた。

論述の最後のほうで、彼は「レンディション」という語の現在の意味をいくつか選んで記している——解釈、翻訳、上演。どこかにある壁のなか、隔離された場所で劇が演じられている。彼は書く。人類の記憶と同じだけ古い劇。俳優は裸にされ、鎖につながれ、目隠しをされ、他の俳優は脅かすための道具を手に持っている。執行者《レンダラー》だ。名前を持たず、顔をマスクで覆い、黒い服を着ている。彼は書く。そして続いて起こるのは復讐劇だ。その劇は大衆の意志の反映であり、われらが国家全体の抱く暗い欲求の実現でもある。

私はデッキの隅、影になったところに立ち、エッセイについて彼に訊ねた。彼は何かを振り払うような仕草でその話題を拒んだ。私は最初と最後の文章について彼に訊ねた。私は言った。その二文は全体の文脈から浮いているように思えます。エッセイでは犯罪や罪悪感については触れられていないのに。二つの文章のそぐわなさは驚くほどです。

「わざとだよ」

わざと、か。なるほどね。私は言った。政府の批判者たちをわざと動揺させたんですね、意思決定を行う者たちではなく。まったく皮肉なもんだ。

彼は自宅の裏の納屋で見つけた安楽椅子に座っていた。場違いなビーチチェアだ。そして怠惰な軽蔑の念を込めて片目を開き、わざわざ当たり前のことを言う馬鹿者をじっくりと見た。

なるほど。でもこのような非難について彼はどう思っているのだろう。彼はある言葉に神秘とロマンを見出そうとしている——だがその言葉は国家の安全保障の道具として使われたのではないか、人工的に内容を変えられ、言葉が持つ恥ずべき意味が隠されてしまったのではないか。

だが私はこの質問はしなかった。代わりに部屋のなかに入って二つのグラスに氷水を注ぎ、デッキに戻ると彼の隣の椅子に座った。果たして彼は正しいのだろうか、と私は思った。我が国にはこうしたことが必要だったのだろうか、我々にはどうしてもこれが必要だったのか、我らが衰えゆく国には必要だったのか——何かが、何でも、手に入るものなら何でも、たとえばレンディションが、そのとおり、そして侵略《インベイジョン》が。

彼は冷たいグラスを顔の横まで持ち上げ、自分は否定的な反応には驚かなかったと言った。驚いたのはもっとあとだった。以前いた大学の同僚から連絡があり、ワシントンのすぐ近くの研究機関で開かれた私的な会合に招かれたときのことだ。彼は羽目板の壁の部屋に座っていて、他にも何人かがいた。どんな公的記録にも載っていない戦略評価チームの副委員長も出席していた。エルスターは彼の名前は言わなかった。それは羽目板の部屋の壁から外には出せない機密事項だったからかもしれないし、その名前を言っても私にはわからないからかもしれなかった。彼らはエルスターに告げた。彼の学際的領域が専門の者を探している、対話を新鮮なものにできて、視点を拡げられる、ちゃんと名のある人物を、と。その後、彼は政府で働くことになった。チューリヒで行っていた——彼の表現によれば——絶滅の夢に関する講義を中断してだ。そして二年と少しあと、彼は再びここ、砂漠にやってきた。

朝も午後もなかった。ただ継ぎ目もない一日があるだけだ。毎日、太陽が弓形になって消え、山々が暗い輪郭となって現れるまで。そうした時間、我々は座り、静かに眺めていた。

しばらくして夕食になってからも静けさは続いていた。私は雨の立てる太鼓のような音が聞きたかった。エルスターがデッキで炭火焼きにした厚切りの羊肉を我々は食べた。私は前屈みになり、皿に顔を近づけて食べた。まるでなかなか解けない沈黙の呪いをかけられたようで、それが一口ごとに強くなっていった。私は休止時間や、自分で自分を罠にかけているという感覚について考え、二人が食べ物を嚙む音を聞いていた。どんなに美味いかをエルスターに言いたかったが、肉は焼きすぎで、肉汁の汗をかいた赤身は炎のなかで失われてしまっていた。丘を吹き渡る風の音や、コウモリが洞穴を爪で引っかく音を私は聞きたかった。

十二日目だった。

彼は手に持ったビールのグラスを見ながら、娘が訪ねてくる、と告げた。それはまるで、地球が地軸を中心に逆回転し、夜から夜明けに戻ったようだった。すごいニュースだ、誰か別の人、別の顔や声。ジェシーって名前だ、と彼は言った。並み外れた精神の持ち主だよ、この世のものとは思えないほどの。

私はその年配の女性には決してわけを訊ねなかった。彼女が階段をあとずさりして、手すりを握りながら降りるのが見える。立ち止まり、見て、手を貸しましょうか、と言う。でも決して訊ねなかった、何が問題なのかを決して訊かなかった——怪我なのか、バランスが取れないのか、精神的な状態が悪いのか、など。ただ踊り場に立って、彼女が一段一段降りるのを見ていた。私が知っていたのは彼女がラトビア人だということだけ、そして、ニューヨークでは人はものを訊ねないということだけだ。

# 2

激しい雨が山を洗いながらやってきた。雨足があまりにも強くて我々は何も考えられなくなり、ただ何も言えずにいた。デッキの屋根のある入口に立っていた。我々三人は水に浸かった世界を眺め、耳をすませていた。ジェシーは自分自身を抱き締めた。伸ばした両手で反対側の肩を摑んだのだ。空気は鋭くピリピリしていて、数分で雨が止むと、我々は居間に戻り、空が割れる前に話していたことを話した。

その最初の数日、私は彼女のことをただエルスターの娘として考えていた。彼の支配欲や囲い込もうとする意思のせいで、私は彼女を単独では、独立した存在らしきものとは思えずにいた。エルスターはいつも彼女に近くにいてほしがった。私に何か話しかけるときも、彼はいつも彼女にも話を向けていた。目配せや仕草でそうするのだ。彼の目は熱意で輝いていた。父親が子供をそんなふうに見るのはそう珍しいことではない。しかしそのおかげで彼女は自分の考えを言えずにいるようだった。あるいはひょっとしたら、彼女はそんなもの言いたいとは思っていなかったのかもしれない。

彼女は青白くて細く、二十代半ばで、なんとなくぎこちなかった。優しげな顔は肉付きがいいとまでは言えないが、丸っこく穏やかで、自分の内側にある何かを意識しているように見えた。彼女は自分の内から来る言葉を聞いているんだ、と父親は言った。それがどういう意味なのか、私はエルスターには訊ねなかった。そうしたことを言うのが彼の仕事なのだ。

私同様、彼女はジーンズにスニーカーを履き、大きめのシャツを着ていた。それに彼女はいい話し相手になってくれたので、一日を過ごすにはよかった。彼女は母親とアッパー・イースト・サイドに住んでいると言った。アパートのことを訊ねると肩をすくめて話題を変えた。彼女は高齢者を世話するボランティアをしていた。買い物をし、彼らを医者に連れて行くのだ。彼女は言った。だいたいみんな五人は医者にかかったが、そのあいだ待合室に座っているのは嫌いではなかった。

かった。待合室が好きだったし、タクシーを大声で呼ぶドアマンが好きだった。制服を着た男たちだ。普通の日に見かける制服姿の人物は彼らだった。警官たちはたいていパトカーのなかでうずくまっているから。

私は彼女が訊ねてくるのを待っていた。どこに住んでいるのか、どうやって暮らしているのか、誰と暮らしているのか、などなどだ。もしかしたら、こうしたことを訊いてこないからこそ彼女に興味を持ったのかもしれない。

私は言った。「クイーンズのある場所にワンルームのアパートを借りてる。前は家賃を払えたが、もう払えなくなった。仕事はアパートの外でやってる。だいたいはチャイナタウンだ。企画を立ち上げ、人と話し、他の企画を考える。金はどこから来るか？　私は資金調達ギャップについて考える。それがどういう意味かはわからないけど。株式発行による資金調達、外貨、ヘッジファンドについて考える。どの企画も強迫観念になる——じゃなきゃ何の意味がある。今の企画はこれ、君の父親だ。彼はこの企画にふさわしいとわかってるし、彼もわかってると感じている。でも彼は何も答えてくれない。やれ、やるな、もしかしたら、決して、また別の機会に。私は空を見て思う。一体全体なんでここにいるんだろう？」

「相手よ」彼女は言った。「お父さんは本当に、身体的に、一人になるのが大嫌いなの」

「一人になるのが大嫌いで、でも何もないから、誰もいないからここに来る。他人は敵だ、と彼は言ってる」

「一緒にいてもいい、とお父さんが選んだ人は違うの。この何年かでは数人の学生たち。それからありがたいことに私、それから昔々にはお母さん。お父さんには最初の結婚でできた二人の息子がいるの。破滅と残骸、って二人のことを呼んでる。息子の話題を出そうなんて絶対に思わないで」

大体の時間、彼女と私はなんでもないことについてしゃべった。我々は共通の部分が何もないように思えたが、話題には事欠かなかった。作動していないエスカレーターに乗って混乱した、と彼女は言った。これが起こったのはサンディエゴの空港で、彼女の父親が迎えにきていた。動いていないエスカレーターに乗ったとき、彼女はうまく感覚を合わせられなかった。意識して段を上がらなければならなかったが、どうしても段が動くような気がして難しかった。なんとか加減して歩いたが、段が動いていなかったせいで全然上がれていないような気がした。

彼女が車の運転をしなかったのは、手と足でバラバラに指示を出すことができなかったからだ。彼女が世話の手伝いをしていた一人は複合的何やらで亡くなったばかりだった。彼女の母親は電話でロシア語を話した。ロシア語の吹雪が朝晩続くのだ。彼女は冬が、そして公園の雪原が好きだった。でもあまり遠くにはいかなかった。冬のリスは狂暴なのだ。

私はこんなおしゃべりが好きだった。静かな調子だったし、彼女がもらす言葉には常に不思議な深みがあった。私はときどき彼女を見つめ、なんだろう、見返してくれるのを、嫌そうにするのを待っていた。彼女の顔の作りは普通だった。目は茶色く、髪も茶色く、彼女はそれを耳にかかるように撫でつけ続けた。彼女の見た目にはどこかわざとそうしているようなところがあった。あるいは私が意識的に地味にしているように見えたのだ。そんな外見を彼女は自分で選んでいた。あるいは私にはそう思えた。彼女はもう一つ別の人生を送っていて、それは私のとは全然関係なかった。そしてそのおかげで、私はいつものように自分のなかにトンネルを掘り続けることから逃れられたし、彼女の父親が私の近い未来を握っているということばかりを思わずにすんだ。

パジャマ姿のエルスターが体をひきずるようにベッドから出てきて、デッキにいる我々に加わった。彼は裸足で、手にコーヒーの入ったマグカップを持っていた。彼はジェシーを見て微笑み、ふらふらしながら、自分がしたかったことを思い出したようだった。彼は微笑みたかったのだ。

彼は椅子に落ち着くとゆっくり話した。声は擦れ焦げていた。不快な夜のこと、早朝のこと。

「眠り込む寸前、自分が小さい子供だったころのことを考えてた。世紀末のことを想像しようとして、なんて驚くほど遠いんだろうと思ったんだ。そして世紀末に自分は何歳になるんだろうと考えた。何年、何カ月、何日だろう。そして見ろ、信じられないね、今我々はこうしてる——新世紀に入って六年経った、そして気づいたんだ。自分はまだあの頃の痩せっぽちの子供だってね。人生を通してずっとあの子がいるんだ。歩道の割れ目の上は歩かない。別に迷信なんかじゃなくて、試練として、訓練としてまだそうしてる。他には？　親指の爪の横の皮を噛む。いつも右の親指だ。まだそうしてる。死んだ皮の部分。そうやって自分が誰だか確かめてる」

私は一度、彼のバスルームにある薬棚を見たことがあった。棚の扉を開く必要はなかった。扉などなかったのだ。瓶、チューブ、丸薬入れが列をなし、ほとんど棚三段分あった。そしてトイレのタンクの上にも他の瓶が数本あった。一本は既に蓋が開けてあった。それから、椅子の上には説明書きが散らばっていた。開いてあり、警告の小さな文字が見えた。

「私の本や講義や会話なんかじゃない。逆むけ、死んだ皮、そこにこそ私がいる、私の人生があるんだ。今に至るまでね。私は寝言を言う。いつもそうだった——昔は母親が教えてくれたし、今は別に誰にも教えてもらわなくていい——わかってる、自分でも聞こえてる。それに、寝言はかつて考えられていたよりよっぽど大事なんだ。みんながどんな寝言を言っているか、誰か研究すべきだよ——もしかしたらもう誰かしてるかもしれない、パラ言語学者かなんかが。だって、寝言は人が生涯に書く千通の個人的な手紙より大事だし、おまけに文学でもあるのさ」

全部が医者に処方された薬というわけではなかったが大部分がそうで、しかもすべてエルスターのものだった。化粧水、錠剤、カプセル、座薬、軟膏、ジェル、それらが入っていた瓶やチューブ、ラベル、説明書き、値札——これらすべてがエルスターだった。傷つきやすい男。そしてもしかしたら、この部屋に私がいるということ自体、倫理的に問題のあることなのかもしれない。でも私は罪の意識は感じなかった。ただこの男のことや、その人生にまつわるものすべてを知りたいと思っただけだ。誰も見ることがなく、想像しようとすらしない、気分を変える薬や習慣性のある薬について。こうしたものは彼の好んで語りたがる、真の人生の重要な部分、たとえば失われた思考、何十年にもわたる記憶、親指の死んだ皮なんかじゃない。それでも彼は棚の前に立っていて、点眼薬やテーブルスプーンやミリグラムによって、ある意味、はっきりと彼自身が現れていた。

「これを見てくれよ」彼は見ずに言った。風景や空を、腕を後ろ向きに振って示しながら。

我々も見はしなかった。

「昼はついに夜に変わるが、これは光と影にまつわることで、過ぎていく時間、人にわかる時間は関係ない。ここには普通の恐怖なんて存在しない。ここでは違うんだ。時間は巨大だ。私にはすぐわかる。我々の前からあって、我々のあとにも続いていく時間だよ」

私はこうした言い回しに慣れつつあった。話題の規模、何十年分かの思考、経験を越えたものへの言及。このとき彼はジェシーに話していた。彼は椅子に座り前屈みで、ずっと彼女に話していた。

彼女は言った。「普通の恐怖。普通の恐怖って何？」

「ここにはないものだよ。瞬間ごとの計算だ。街ではそれを感じる」

どこにでも時間や分、言葉や数字は埋め込まれている。そう彼は言った。電車の駅、バス路線、タクシーのメーター、監視カメラに。それらは全部時間に、馬鹿げた時間、下等な時間に関係している。人々が時計や他の器具、他のものを見て確かめる時間のことだ。これは我々の人生から流れ出ていく時間だ。街は時間を測るために、自然から時間を奪うために作られた。秒読みは果てしなく続く、と彼は言った。すべての表面を取り去れば、なかを覗き込めば、そこにあるのは恐怖だ。文学はそれを癒すためにある。叙事詩や夜にベッドで子供に聞かせる話は。

「映画は」私は言った。

「壁の前の男だな」

「そうです」

「銃を構えたやつらに壁の前に立たされた」

「そうじゃありません。敵としてではなく、ある種の幻として、戦争評議会から来た亡霊として存在するんです。言いたいことは何でも言える人物、言及されないことや機密事項を、評価し、非難し、取り止めもなく話し続けるんですよ。あなたが言うことは何でも映画になるんです。あなたが映画なんです——あなたがしゃべり、私が撮る。図表も地図も背景説明もありません。顔と目だけ、白黒です。それが映画なんです」

彼は言った。「壁の前か。バカ野郎」そして私を鋭く見た。「でも六〇年代はとっくに過ぎ去ったし、もうバリケードなんてありゃしないじゃないか」

「映画がバリケードなんです」私は言った。「私とあなたで組み上げるんですよ。その上に誰かが立って、真実を告げるんです」

「お父さんがあんなふうにしゃべってると、どう言っていいのか全然わからない」

「彼は学生の前で生涯話してきたんだ」私は言った。「誰も何を言うとも思ってないよ」

「お父さんがする最後の息がどの瞬間でもおかしくない」

「座って考える、彼はそのためにここに来たんだ」

「で、あなたは映画を撮りたい」

「一人きりじゃ撮れないからね」

「でも普通の映画を撮ったほうがいいんじゃないの？　だって、あんなゾンビみたいなもの、わざわざ時間をつかって見たいと思う人が何人いる？」

「そうだね」

「お父さんが最後には面白いことを言ったとしても、そんなの雑誌で読めるでしょ」

「そうだね」私は言った。

「別に私がよく映画に行くってわけじゃないの。私が好きなのは、男の人が女の人に煙草の火を点けてあげるような古い映画をテレビで見ること。古い映画では、男と女がそんなことばっかりしてるでしょ。私、普段はすごく注意散漫なの。でも古い映画をテレビで見るといつも、男の人が女の人に煙草の火を点けてあげるんじゃないかと思って気になる」

私は言った。「映画に出てくる足音」

「足音」

「映画に出てくる足音は全然本物っぽくない」

「映画に出てくる足音だから」

「本物っぽい必要なんてないってことかな」

「映画に出てくる足音だから」彼女は言った。

「以前、君のお父さんを映画に連れていったことがある。《二十四時間サイコ》ってタイトルだ。映画じゃなくてコンセプチュアル・アートの作品だけど。古いヒッチコックの映画がものすごくゆっくりと映写されてて、終わるまで二十四時間かかる」

「お父さんから聞いた」

「何て言ってた?」

「七十億年かけて世界が死んでいくのを眺めてるみたいだったって」

「我々が見たのは十分くらいだよ」

「宇宙の収縮みたいだったって」

「彼は宇宙的な規模でものを考えるんだ。君も知ってるように」

「宇宙の熱力学的死のことね」彼女は言った。

「彼は興味を引かれていたと思う。我々はそこにいて、十分後に出た。彼が逃げ出し、私は追いかけた。六階分を降りるあいだ彼は何も言わなかった。そのころ彼は杖をついていた。長い距離をゆっくりと降りていったんだ。エスカレーター、人混み、廊下、最後の階段。一言も発しなかった」

「その日の晩会ったときお父さんが教えてくれたの。私も見たいかもって思った。全然何も起こらないところがいいなって」彼女は言った。「待つために待つってところが。私も次の日に行ってみたの」

「しばらくいた？」

「しばらくいた。何か起こってるときでさえ、その何かを待ってなきゃならなかったから」

「どれくらいいいた？」

「わからない。三十分」

「いいね。三十分はいいね」

「いいのか悪いのか」彼女は言った。

エルスターは言った。「子供のころ、彼女はよく唇を少し動かしてた。私が言ったことや母親が言ったことを口のなかで繰り返してたんだ。ジェシーはとてもよく見てた。私がしゃべると彼女は見て、私の言葉の単語一つ一つを、ほとんど音節の一つ一つまで予測してた。彼女の唇は私のとほとんど同期して動いてたんだよ」

彼がしゃべっているあいだ、ジェシーはテーブルの反対側の席についていた。我々はオムレツを食べていた。今やほぼ毎晩オムレツを食べていた。彼は自分の作るオムレツが自慢で、卵を割りフォークで混ぜたりするのをジェシーに見せようとした。調味料、オリーブオイル、野菜を加えているあいだも彼はしゃべり続け、「フリタータ」という言葉を発したが、ジェシーは興味がなさそうだった。

「まるでジェシーは英語を勉強している外国人みたいだったよ」彼は言った。「私の顔をじっと見て、私の発している単語の意味を取ったり、それを吸収し消化しようとしていた。見て、考えて、繰り返して、解釈してたんだ。私の口を見て、唇を観察し、自分の唇を動かす。それを止めたとき、正直言って私はがっかりした。本当の意味でものを聞いていた彼女がね」

彼はジェシーを見ながら微笑んでいた。

「それからジェシーは人に、知らない人に話しかけるようになった。今もときどきそうしてる。そうだよな」彼は言った。「どうして話しかけるんだい？」

ジェシーは、さあ、と肩をすくめた。

「郵便局で列に並んでる人たちや」彼は言った。「子供を連れている乳母なんかに」

ジェシーは下を向いたまま食べ物を噛んでいた。皿の上のオムレツを切る前にフォークでいじくり回していた。

彼女と私は同じトイレを使っていたが、彼女がトイレに入るのをほとんど見たことがなかった。彼女がいた唯一の証拠である、小さな旅行用具のセットは窓枠の隅に押し込まれていた。彼女は石鹸とタオルを自分のベッドルームに置いていた。

彼女は風の精のようだった。彼女の元素は空気だったのだ。彼女を見ていると、ここは他の場所と何もかも変わらないように思えた。この南西の、ある緯度と経度にある場所が。彼女はいろんなところを軽やかに滑りながら通り抜けていき、どこでも同じことを感じた。そこにあるのはいつも、ただの空間だった。

彼女はベッドを決して整えなかった。私は寝室の扉を開け何度か室内を見たが、一度も入りはしなかった。

我々は遅くまで外で座っていた。二人ともスコッチを飲んでいた。デッキには瓶が置かれ、星は群れをなして輝いていた。エルスターは空を見ていた。彼は言った。以前出会ったすべてのものに目を向け、図を作り、よく考えなきゃならない。

イラクに行ったことがあるか、と私はエルスターに訊ねた。彼はこの問いを前に考え込んでしまった。私が答えを知っていて、彼の経験の幅への疑いからこんな質問をしているとは思ってほしくなかった。私は答えなど知らなかった。

彼は言った。「私は暴力が大嫌いだ。考えただけで怖くなる。暴力の出てくる映画など見ないし、死んだ、あるいは傷ついた人たちがテレビに出てくると目を背ける。子供のころ喧嘩して、ひきつけを起こしたことがある」彼は言った。「暴力で私の血は凍るんだ」

自分にはすべての秘密情報を知ることができたと、どんな機密扱いの軍事情報も入手できたと私に語った。そうではなかったと私は知っていた。そうだったらよかったのにという彼の願望が声や表情から伝わってきた。もちろん私は理解していた。本当のことであろうがなかろうが、彼が私に話しているのは、私がここにいて、我々がここにいて、二人きりで飲んでいるからだ。私は親しい友人という初期設定だった。彼が一時的に作り出す現実の細部を打ち明けられる若者という役目だ。

「ある日、戦争についてやつらに言ったよ。イラクなんてただの噂話だってね。我々はあれこれの政府と核をめぐっていちゃついてる。そんなものちょっとした噂話でしかない」彼は言った。「私が言いたいのはだな、こういう状態は変わるってことだ。何かが起こる。でもそれこそ我々が望んでいたことじゃないか？　意識の重荷ってやつじゃないか？　我々はすっかり疲れてしまったよ。物質とは自意識を失いたがるものだ。我々の知性や感情は物質が変化してできた。そんなものはもうやめにするころだ。こうしたことに我々は今、突き動かされてるんだよ」

彼は自分のグラスに注ぐと瓶を私に手渡した。私はこの会話を楽しんでいた。

「我々は元の無機物に還りたいんだ。我々は物質の進化における最後の十億分の一秒なんだよ。学生時代に私は過激な思想を探していた。科学者たち、神学者たち、何世紀にもわたる神秘主義者の著作を読んだ。私は飢えた知性、純粋な知性だったのさ。自分の理解した世界の哲学でノートを満たした。今の我々を見てみろよ。終末譚を発明し続けてる。拡がる動物の病気、伝染するガン。他には？」

「気候」私は言った。

「気候」

「小惑星」私は言った。

「小惑星に隕石。他には？」

「世界的な飢餓」

「飢餓」彼は言った。「他には？」

「ちょっと考えさせてください」

「別にいいよ。そんなの面白くもないし。私には必要ない。それを越えたものについて我々は考えなきゃならないんだ」

私は彼の言葉を止めたくなかった。我々は座ったまま静かに飲んでいた。そして私は地球人類の実現可能な終わり方についてもっと考えようとしていた。

「私は学生だった。昼飯を食べながら勉強した。テイヤール・ド・シャルダンの著作を勉強した」彼は言った。「彼は中国に行った。無法な聖職者だ。中国やモンゴルで骨を発掘していた。私は開いた本の上で昼食を食べた。お盆なんていらなかった。学校のカフェテリアにできた列の先頭の辺りにお盆が積み重ねてあった。彼は言っていた。人間の思考は生きていて拡がっていく。そして人間の集団的な思考の天空は最終段階に、最後の閃光に近づきつつある、ってね。北米ラクダってのがいたろう。今どこにいるのかね？」

私は言いそうになった。サウジアラビアじゃないですか、と。その代わり私は瓶を彼に返した。

「あなたは彼らにいろいろと教えたんですよね。それは政策決定に関わる会議でしたか？ 誰がいたんです？」私は言った。「大統領顧問のレベルの人たちですか？ 軍の人たち？」

「誰でもいたよ。いたのはそういう連中だ」

私はこの答えが気に入った。それはすべてを語っていた。この答えについて考えれば考えるほど、すべてが明確に見えてきた。

彼は言った。「物質。あらゆる段階のだ。原子より小さいレベルから原子、無機物の分子までさ。我々は外に拡がり飛び出していく。単細胞生物のころから、これが生き物の本性だよ。細胞が産まれたのは革命だった。考えてごらん。原生動物、植物、昆虫、他には？」

「わかりません」

「脊椎動物」

「脊椎動物」私は言った。

「そして最終的な姿だ。滑り、這い、二本の脚でしゃがむ。意識のある存在、自意識のある存在。感覚を持たない物が人間の分析的思考となる。我々の精神の麗しき複雑さだ」

彼は黙り、飲み、また黙った。

「我々は誰なんだ？」

「知りません」

「我々は群衆、群れだ。我々は複数で考え、集団で旅をする。集団は自己破壊の遺伝子を持っている。一発の爆弾じゃ全く足りない。技術の霞《かすみ》のなか、そこに指導者たちは戦争を仕掛ける。今や内向が起こるからだよ。テイヤール神父はこれを知っていた。オメガ・ポイントさ。我々は生物学の領域から飛び出すんだ。自分に問いかけてみたらいい。我々は永遠に人類じゃなきゃならないのかって。意識なんてもう干上がってしまった。今や無機物に還るんだ。我々はそうしたいのさ。野原の石ころになりたいんだ」

私は氷を取りに部屋に入った。戻ってくると、彼はデッキから小便をしていた。流れ出す小便を手すりにかけないように爪先立ちだった。そして我々は座り、どこかの藪にいる獣の声を聞いていた。自分たちがどこにいるかを思い出し、鳴き声が途絶えてからもしばらく黙っていた。彼は言った。学生のままだったらよかった――モンゴルに、本当に遠い場所に行き、暮らし、学び、考えたかった。彼は私をジミーと呼んだ。

「いくらでもそういうことを話せますよ」私は言った。「話し、黙り、話し、考える」私は言った。「あなたは誰なのか、あなたは何を信じているのか。どの思想家も作家も芸術家もこんな映画は撮ったことありません。筋書きもなし、リハーサルもなし、手の込んだ準備もなし、前もっての結論もなし。この映画では何も隠さず、何も切らないんです」

私はこうした言葉をウイスキーの上のたわ言として話した。前にもこれを言ったことに半分は気づいていた。彼の深いため息が聞こえてきて、それから声が響いた。その声は静かで落ち着いていて、悲しげでさえあった。

「気づいているかどうかはわからないがだな、君がほしがっているのは公の場での告白だよ」私はそんなつもりは全くなかった。絶対にそんなことはないと彼に言った。そんなようなことをするつもりなどさらさらないと彼に言った。

「死の床での回心さ。君がほしがっているのはそれだ。知識人の愚かさ、そして虚栄心だ。盲目的な虚栄心に権力への崇拝。許してくれ、罪から救ってくれ」

私は心のなかでこうした考えを退け、先に言った以上の考えなど特にないと彼に告げた。

「君は取り乱した男の映画を撮りたいんだ」彼は言った。「わかってるよ。他に何がある？」戦争に溶け込んでいく男。あの戦争、彼の戦争の正義をまだ信じている男。映画で彼はどんなふうに見えるだろう、彼の言葉はどんなふうに響くだろう？　映画館で、いたるところのスクリーンに映されて、俳句的な戦争について話している彼は。こうしたことについて私は考えたことがあるだろうか？　私が考えたのは壁について、壁の色と質感についてだ。そしてこの男の顔についても考えた。力強いが同時に、両目にどんな残酷な真実であれ溢れ出たときには崩れ落ちてしまうだろう顔立ちだ。それから私はアップになった一九五二年のジェリー・ルイスのことを考えた。ネクタイをもぎ取り、ブロードウェイの泣けるバラードを歌っているジェリーを。

家のなかに戻る前にエルスターは私の肩をぐっと摑んだ。安心させるように、だった気がした。

そして私はしばらくデッキにいた。あまりに深く椅子に腰かけていて、あまりに深く夜のなかにいて、スコッチの瓶に手を伸ばすことができなかった。後ろでは彼の寝室の明かりが消え、空が明るくなりつつあった。そして、どれほど奇妙な光景だったろう。天空の半分が近づいて見えたのだ。光り輝く塊、星や星座のすべてが数を増していた。砂漠の一軒家で誰かが明かりを消したせいだった。それから、こうしたことについて彼が話すのを聞けないことを残念に思った。近さと遠さ、我々が見ていると思っているが見ていないものについてだ。

我々は家族になりつつあるのだろうか、と私は考えた。することもなく、行くべき場所もないことを除いては、大部分の家族より奇妙だというわけではない。父と娘と何だかわからない私、というのも特に奇妙だとは思えなかった。

彼女が、私の妻がもう一つ言ったことがある。一方に人生を、もう一方に映画を見ている私に同情してこう言ったのだ。

「どうして真面目になるのは難しいのに、真面目になりすぎるのはこんなに簡単なのかしら」

正午だ。バスルームの扉は開いていてジェシーが室内にいた。裸足でTシャツにパンティという姿で洗面台に屈み込み顔を洗っていた。私は扉の前で立ち止まった。そこにいる私を彼女に見てほしいと思っているのかは自分でもわからなかった。なかに入って彼女の後ろに立ち彼女にもたれかかることは想像しなかった。私の手をTシャツの下に滑り込ませ、膝で彼女の両脚を開かせて自分の体をぐっと押しつけ、ぴったりと深く馴染ませるのをはっきりと想像したわけではなかった。でもそれは瞬間のあえかな鼓動のなかに存在していた。その思いは。そして扉から離れるとき、私は特に素早く立ち去ろうとはしなかった。

管理人が車でやってきた。ずんぐりとした男で、トラクター柄の野球帽を被り、飾りボタンのピアスをしていた。エルスターがいないときは彼が家を管理していた。年に十カ月、ほぼ一年中だ。プロパンガスのタンクがある家の脇に彼が入っていくのを私は見ていた。彼がこっちに戻ってくると私は頷いて会釈した。彼は私を通り過ぎ、家に入っていった。

彼が私の存在に気づいたという印は何もなかった。もしかしたら彼は、小屋やトレーラーやコンクリートブロックの上に載せられた車が集まった奇妙な一角に住んでいるのかもしれない。小さくうずくまったような集落で、舗装道路からときどき見えた。

エルスターは彼について台所に入って行きながらストーブの不具合について話していた。そして私は白い石灰岩の丘を見ながら、あれくらい遠くから眺めた自分の映像を客観的に思い浮かべていた。風景のなか、男が長い一日を過ごしている。ほとんど見えない。

昼食はいつでもどこでもよかった。自分の好きな時間に好きな場所で食べろというわけだ。気づけば私はエルスターとテーブルについていた。ジェシーがこのあいだ町に行ったときに買ってきたプロセスチーズをエルスターはじっくりと調べた。これは劣化ウランで色を付けたんだろうと彼は言い、マスタードを付け、刑務所風の薄切りパンに挟んで食べた。私もそうした。

彼女は父親にとって夢そのものだった。自分の愛に彼女があまり応えないことにエルスターが困惑している様子はなかった。彼が気づいていないのは自然なことだった。彼女が自分ではないことさえわかっているかどうか疑問だった。

サンドイッチを食べ終えると彼は椅子の前のほうに座り直し、両肘をテーブルについた。声が低くなっていた。

「死ぬ前に大角羊《ビッグホーン》を見なくちゃとは思っていない」

「なるほど」私は言った。

「でもジェシーには見てほしい」

「なるほど。車で出かけるというわけですね」

「車で出かける」彼は言った。

「ある程度のところまで行ったら、車からおりて山を登らなきゃならないかもしれません。大角羊は岩棚にいるんだと思います。私も見たいです。なぜだかはっきりとはわからないけど」

彼はぐっと前屈みになった。

「なんであの子がここにいるか知ってるかい」

「あなたが会いたがったからだと思ってましたが」

「私はいつでも会いたいよ。あの子の母親、これは母親の考えなんだ。ジェシーがつきあってる男がいてね」

「なるほど」

「それであの子の母親は、彼の意図か、態度全体か、見た目か何かにあることを思ったんだな。だから母親は権威主義的に、その男とは距離をとりなさいとジェシーに言ったんだろう。今は一時的に、彼への気持ちについてよく考えてみなさいって」

「それでジェシーはここにいるんですか。で、あなたはこのことについてジェシーと話した」

「話そうとしたよ。ジェシーは何も言わなかった。何も問題ないから、そう言っただけだ。その男のことが好きらしい。二人は付き合ってる。話をしてる」

「どれくらい深い仲なんですか？」

「話をしてる」

「セックスはした？」

「話をしてる」

我々二人はテーブルを挟んで屈み込んでいた。互いに向かいあったまま、不自然なささやき声で話した。

「今までジェシーは男と付き合ったことはありますか？」

「この話を聞いて私も驚いた」

「ってことは、ちゃんとした彼氏がいたことはない、と」

「そう思う。そうだ、絶対に」

「母親に言われてここに来た。これは何かを意味してますよね」

「ジェシーの母親は今でもとても魅力的な女性だ。でも私との関係はすこぶる悪い。で、彼女が娘を私のところに行かせたとしたら、そうだ、これは何かを意味してる。けれども彼女はイカれてもいるからな。完全に躁病的な人間で、なんでも大げさに言うんだ」

「その男はストーカーじゃない。全然そんなじゃないんですよね」

「何だって、いや、ストーカーなんかじゃない。私はその言葉が大嫌いだ。まあ、しつこい、ぐらいなもんだろう。あるいは吃りか、あるいは片目が茶色でもう片目が青色か」

「奥様ですか。なんて話題だ」私は言った。

「妻だ、そう」

「何人目ですか？」

「何人目か。二人だ」彼は言った。

「二人だけ。もっと多いかと思いました」

「二人だけだ」彼は言った。「もっと多いような気がするがな」

「二人ともイカれてるんでしょう。おそらくですけど」

「二人ともイカれてる。年を追うごとに酷くなっていく」

「何がですか？　どんどんイカれていくってことですか」

「始めはそんなことわからないんだ。隠しているのか、あるいは酷くならないとわからないものなんだろう。いったんそうなれば、もう一目瞭然だ」

「でもジェシーは宝物、天恵なんでしょう」

「その通りだ。で、君のほうは?」

「子供はいません」

「君の奥さんのことだよ。別居してる奥さん。彼女もイカれてる?」

「イカれてるのは私のほうだって向こうは思ってます」

「君はそうは思わないんだな」彼は言った。

「わかりません」

「何を守ることがある? 妻はイカれてる。ほら、言えばいい」

我々はまださささやき声で話していた。ささやき声で堅く繋がっていたのだ。でも私はそれを言う気はなかった。私は椅子に深く腰掛け、しばらく目を閉じていた。自分のアパートが浮かんできた。きれいで物音一つせず空っぽで、地元の時間では午後四時だ。自分が埃っぽい光に包まれながらまだその部屋にいるように感じた。今のこの部屋、あるいは屋外にいるのではなく、だ。でも、自分は本当にその部屋に住む男に戻りたいのだろうかとも考えた。二間の家で街の真ん中にある。その街は、エルスターの言い回しを使えば、時計やカレンダーのこそことした時間、生きるために残された瞬間を計測すべく作られている。

それから私はエルスターを見て、この家には双眼鏡があるか訊ねた。遠足には双眼鏡が必要です、と私は言った。こう訊かれて彼は当惑したようだった。大角羊ですよ、と私は言った。もし我々が鉄砲水に押し流されなければ、もし我々が熱気で死ななければ。細部まで見るのに双眼鏡がほしくなるでしょう。雄は角があるやつです、大きくて曲がった角が。

彼女は夕食のとき面白いことを言った。ニューヨークではいつも街が混雑しているせいで両目が寄ってくる。ここでは両目は開いていく。目って環境に適応するものね、翼とか嘴《くちばし》みたいに。別のときには彼女はどんな刺激にも無感覚なように見えた。彼女が見える範囲は縮んでしまい、壁も窓もわからないようだった。そんな彼女を見るのは嫌だった。彼女は自分が見られていることもわからないはずだからだ。彼女はどこへ行ってしまっていたのだろう？　考えごとや思い出に耽《ふけ》っていたわけではなかった。やってくる時や分を測っていたわけでもなかった。ただ堅く閉ざした自分のなかに消えてしまっていたのだ。

こういうとき、彼女の父親はなんとか気づかない振りをした。部屋の反対側に好みの詩集を持って座り、読みながら唇を動かしていた。

私がリチャード・エルスターに近づいたのは彼がニュースクールで行った講演のあとで、すぐさま、どんな映画を撮りたいか彼に告げた。私は言った。単純で力強いものが作りたいんです、男と戦争の映画を。そして彼もすぐさま、話の途中で身振り手振りをしている私を残して行ってしまったのだ。しかし、私はすぐに廊下を行く彼のあとを追いながら、さっきよりはゆっくりと話した。エレベーターに乗ってもまだしゃべっていた。そして道に出ると彼は私の見た目について言った。すごく若い頃の自分に似ている、栄養不足で勉強しすぎの学生だ。私はこの言葉をいいほうに取り、名刺を渡すとエルスターは声に出して読んだ。ジム・フィンリー、怠け者《デッドビート》フィルムズ。だが彼は映画に出る気はなかった。私が撮るものでも、そうでなくてもだ。

二度目の出会いはもっと長時間で、もっと奇妙だった。ニューヨーク近代美術館だ。東から西へ歩いて何度もそこに行ったことがあるが、行くたびに前回より遠く感じた。ダダの展示をぶらぶらと眺めていたら、エルスターが一人でいて、屈んで展示ケースを覗いていた。彼が赤ちゃん言葉の意味について書いたことがあるのは知っていたから、崩れた論理というテーマで作られたものの大きな展示に興味を持つのは当然だった。私は三十分ほど彼のあとをつけた。彼が見るものを見た。あるときには彼は杖をつき、別のときには杖をでたらめに、水平に持って雑踏を通り抜けた。私は自分に、落ち着け、礼儀正しくしろ、ゆっくりとしゃべれと言い聞かせた。彼が出口に近づくと私は彼に近づき、以前会ったときのことを思い出させ、少し赤ちゃん言葉を発したあと、彼を優しく促して六階を横切らせ、低速な『サイコ』が上映されている展示室に入った。我々は暗闇のなか、立って見ていた。私にはエルスターが嫌がっているのが、ほとんど入った瞬間にわかった。ここでは何かが、彼の抱く伝統的な応答の言葉が覆されていた。死産した映像、崩れていく時間、理論化や論争があまりにもしやすすぎて、彼が支配的な意見を言うにはどうしたらいいかわからない観念、ただのきっぱりとした拒絶。道に出てやっと彼は言葉を発した。ほとんどが痛む膝についてだった。映画はなし、可能性はなし、全くなし。

一週間後彼が電話してきて、今カリフォルニア州のアンザボレゴという場所にいると言った。私はそんな地名は聞いたことがなかった。それから手書きの地図が郵便で届いた。道路やジープの通れる小道が描いてあった。そして私は次の午後に出る飛行機の格安券を取った。二日はいるかな、と私は思った。多くて三日だ。

# 3

失われた瞬間すべてが人生だ。その瞬間は我々自身にしか知りえない。そして誰にとっても、口では言い表すことのできない強さで蘇る。この男にも、あの女にもだ。子供時代とは失われた人生であり、毎秒生き直され続ける、と彼は言った。二人の幼児が薄暗い部屋にいる――双子で、笑っている。三十年後、一人はシカゴにいて、もう一人は香港だ。そして二人はあの瞬間を思い出す。

瞬間、思考、今あるものは消え去る、我々はみなどこかの道にいる、そしてこれがすべてだ。こうした言葉全体で彼は何を言おうとしているのだろう、と私は思った。我々が自己と呼ぶもののことだよ、真の人生さ、本質的な存在だ、と彼は言った。知っているものでできた柔らかいぬかるみのなかに自己はいる。そして自己が知っているのは、自分は永久には生きられないということだ。

以前は映画に行くと、エンド・クレジットが終わるまでずっと座り続けたものだった。それは直感や常識に逆らうための訓練だった。私は二十代前半で、どこにも所属していなかった。そして私はすべての名前と肩書きが映り終わるまで決して席を立たなかった。肩書きはまるで古代の戦争から持ってきたようだった。拍子木師（カチンコ係）、武具師（具足係）、帆桁師（可動アーム操作係）、群衆被服師（エキストラ衣装係）。座ったまま読み続けなければ、と私は感じた。倫理的に問題のある行為に身を委ねてしまっているという感覚はあった。その感覚をいちばんはっきりと抱いたのは、あるハリウッド大作の最後の場面のあと、クレジットが流れはじめたときだった。五分、十分、十五分とクレジットは続き、何百何千という名前が現れた。その衰退と滅亡の光景は過剰なほどのスペクタクルで、映画本体と同じほど長く感じられたが、終わらないでほしいと私は思った。

それは映画という経験に含まれていた。すべては大切だ、受け入れろ、耐え忍べ。スタント運転もセットの仕上げもギャラの計算も。私は名前を読んだ――そのすべてを、大部分を。実在の人々だ、誰なんだろう、どうしてこんなにいるんだろう――彼らの名前は暗闇で私に取り憑いた。クレジットが終わったころには、私は映画館でたった一人になっていた。ひょっとしたらどこかに老婆でも座っていたかもしれない。夫に先立たれ、子供たちは電話も寄越さない老婆が。映画業界で仕事をはじめたあと私はこうするのをやめた。もっとも自分では仕事だとは思っていなかったが。それは映画で、ただそれだけで、私は一本成し遂げる、作り上げると決めていた。アヽン・フィルム、アイン・フィルムを。

ここにいて彼らと一緒だと、私は映画がなくても寂しいとは思わなかった。風景は普通に見えはじめていたし、距離も普通になりつつあった。ここにあるのは熱で、熱こそここにあった。ここでは時間は流れないとエルスターが言ったとき、彼が何を言いたかったのか分かりはじめた。近くの低木やサボテンの向こうには、起伏のある拡がりとときどき聞こえる遠い雷鳴、来ない雨を待ち望むこと、丘の向こうにそびえる山並みをじっと見つめることしかなかった。昨日は見えていたその山並みも、今日は生気のない空に隠れて見えない。

「熱」

「そう」ジェシーが言った。

「言ってみて」

「熱」

「それが染みてくるのを感じて」

「熱」彼女は言った。

彼女は日向《ひなた》に座っていた。そうしているのを私が最初に見たとき、彼女はいつも着ているものを着ていた。ジーンズをふくらはぎまでめくり、シャツの袖を肘までまくり上げていた。そして私は日陰に立って見ていた。

「そんなふうにしてたら死ぬよ」

「何？」

「日向に座ってたら」

「他にすることなんてある？」

「家で一日の計画を立てれば」

「でも私たち今どこにいるの？」彼女は言った。「私はわかってるのかしら？」

私は携帯電話を使ってはいなかったし、ノートパソコンにもほとんど触れていなかった。そうしたものは弱々しく見えはじめていた。どんなに速くても、どんなに遠くと繋がることができても、電子機器は風景に圧倒されてしまっていた。ジェシーはSFを読もうとしたが、自分が今まで読んだ本でこの惑星での日常生活に釣り合うものは一冊もない、と言った。日常生活こそが完全に想像を絶していたから。エルスターはクローゼットでダンベルを二つみつけた。オーストリア製で、七か八ポンドだった。どれくらい前からここにあるのだろう？　誰が使ったのだろう？エルスターはそれらを使いはじめた。持ち上げながら呼吸し、持ち上げながら喘《あえ》ぐ。片腕、次に反対の腕で上げて下げる。まるで計画的に首を絞められているような、自慰的に窒息しているような声を出している。

私は何をした？　氷の入った袋と水の瓶を発泡スチロールのクーラーに詰め込んで、目的地のないドライブに出かけ、ブルース歌手のテープを聴いていた。妻へ手紙を書き送るか破るか決めようとした。あるいは、数日待ってから書き直して送るか破るか。デッキからバナナの皮を投げて動物に食べさせ、ここに着いてから何日目か数えるのを止めた。だいたい二十二日目だった。

台所で彼は言った。「君がどんな結婚をしていたかわかる。お互いにすべてを打ち明けるような結婚だ。君は奥さんに何でも言った。顔にそう書いてあるよ。結婚生活でそんなことをするのは最悪だ。感じたことをすべて言い、したことをすべて言う。だから奥さんは君のことを狂ってると思ったんだ」
夕食はまたオムレツで、彼はフォークを振りながら言った。「それは戦略の問題なんかじゃないってことが君にはわかってない。私は秘密や欺瞞について言ってるんじゃないんだ。自分自身であることについて言ってるんだよ。もしすべてを明かしたら、すべての感覚を明かして理解を求めたら、自分が自分であることに関する、何か大切なものをなくしてしまう。他の人が知らない何かを君は知ってなきゃいけない。君について誰も知らないことのおかげで、君は自分について知ることができるんだ」

ジェシーは食器棚にあるコップや皿を循環させていた。いつも同じものを使ったり、他のをまるきり使わなかったりしないようにだ。彼女は多くのエネルギーを込めて周期的にこの作業をこなした。取り憑かれた人が、流しや排水溝の籠や棚の上の系統立った配置を考え出そうとしている感じだった。エルスターも応援した。彼は皿を拭きながら、ジェシーが棚に戻すのを見ていた。どの皿も入るべき場所が決まっていた。ジェシーは役割を果たしていた。家事を手伝い、それを凄まじい勢いでこなしていた。いいことだ、素晴らしいことだと彼は言った。というのも、ただ必要を越えたものにでも突き動かされなければ、皿を洗うことに何の意味があるだろう。

エルスターは彼女に言った。「お前が行ってしまう前に大角羊を見せたいね」

彼女は口をぽかんと開けたまま両手を前に伸ばした。手のひらは上に向けていた。まるで、どこからそんな話が出たの、私が大角羊を見られるのは何をしたからなの、と言っているようだった。目を見開いて、まるでマンガに出てくる子供のびっくりした顔のようだった。

その夜、ジェシーはチェルシーにある画廊の話をした。

アリシアという名前の友達と彼女はよく画廊を訪ねたものだった。アリシアは十セント玉の厚さくらいの深さしかなかった、とジェシーは言った。二人は長い通りを歩きながら適当に画廊を選び、美術品を見て、また通りを歩き、角を曲がり、次の通りを歩いては美術品を見た、と言った。そしてある日自分でも説明できないことを思いついた。同じことをしましょうよ、同じ道を行ったり来たりして、でも画廊には入らないの。アリシアはいいいよと即座に言った。二人はそうしてとても興奮した、とジェシーは言った。まるで二人の人生をかけた思いつきみたいだった。ウィークデーの午後、ほぼ人気《ひとけ》のない長い通りを歩いていき、何も言わずに美術品を避け、横断して同じ通りの反対側を戻り、角を曲がって次の通りを歩いていき、横断して同じ通りを戻る。行き、戻り、次の道に行き、何度も繰り返し、ただ歩きしゃべる。おかげで本当に深い経験ができたの、とジェシーは言った。道から道へ行くたびに、どんどん良くなったし魅力がわかっていった。

その夜、ジェシーはデッキの端に立ち、暗闇に向かい合い、両手で手すりを摑んでいた。それはほとんどわざとらしいとさえ言える姿勢で、彼女らしくなかった。私は立ち上がった。自分でもどうしてかはわからないが、とにかく立ち上がり、彼女を見ていた。エルスターの部屋の明かりはまだ点いていた。ジェシーが振り返って、立っている自分を見てくれないかなと思った。もし私が何か言ったら、ジェシーは私が立っていると気づくだろう。声が来る方向で私が立っていると分かれば、ジェシーはどうしてだろうと思って振り返り私を見るだろう。そうすれば彼女が何を欲しているか分かるだろう。振り返り方や顔の表情を見れば。あるいは、私が何を欲しているか分かるだろう。私は賢明に振る舞わねばならないのだから、気をつけなければ。ここにいるのは三人だけで、私はあいだに入った人物、潜在的な攪乱者、家族の除《の》け者なのだ。

エルスターの寝室の明かりが消えると、なんて時代錯誤な、純情な瞬間を過ごしているんだろうと私は気づいた。別の時代からやって来た十代の少年と少女が、彼女の両親が床に就くのを待っているのだ。もっとも、彼女の両親は離婚していて仲が悪いし、母親は東部標準時に合わせて三時間前に床に就いていて、しかもおそらく一人ではないのだが。

私は、こっちへ来て隣に座らないかとジェシーに言った。この表現を使った。隣に座らないか。彼女はデッキを歩いて来て、二人でしばらく座っていた。ジェシーは言った。ときおり医者に連れて行ったり家事を手伝ったりした老夫婦のことを考えていた、と。二人で昼間のテレビを見ながら、画面で出演者が何かしゃべったりやったりしていることへの夫の反応をチェックしようとして、妻は彼を見続けた。でも夫は反応しなかった、決して反応しなかった、妻に見られていることすら気づかなかった。そしてジェシーは思った。結婚という長期にわたるスペクタクルはこんなふうに一滴ずつ進んでいくんだ、一つの頭が振り向き、もう一つの頭はすべてを忘れるというように。二人はいつも物をなくし続け、見つけようとして何時間も、何日も費やした。消えていく物の神秘だ。眼鏡、万年筆、税金の書類、もちろん鍵、靴、片方の靴、両方の靴――ジェシーは探すのが好きだった、得意だった。二人ともがアパート中をしゃべりながら探しまわり、なんとか暮らしを立て直そうとした。夫婦はインク壺からインクを入れる、古い種類の万年筆を使っていた。二人はいい人たちだった。ほどほどに金持ちで、いつも物をなくし、置き忘れ、落としていた。スプーンを落とし、本を落とし、歯ブラシをなくした。存命中の有名なアメリカ人画家の絵画をなくした。ジェシーはそれをクローゼットの奥で見つけた。それから、夫の反応を調べようと妻が見ているのを眺めていて、ジェシーは自分も儀式の一部になっていることに気づいた。ある人を眺めている人を眺めていたのだ。

二人はおよそ人間に可能な限り正常で、それでもやはり正常だった、とジェシーは言った。少しばかり正常すぎていて、だからこそ危険だったのかもしれない。

私は手を伸ばしてジェシーの手を取った。どうしてだか分からない。彼女がその老人たちといるところを思うのが好きだった。無邪気な三人が何時間も部屋を探しているところを。彼女は手を取られるまま、それに気づいたそぶりすら見せなかった。ぐにゃりとした手や無表情な顔はジェシーの持つ左右非対称性の一部でしかなくて、彼女がそんなふうだからといって、必ずしもこの瞬間がもっと親密な他の仕草につながるとは私には思えなかった。彼女の隣に座っているのが誰でもおかしくなかった。私を通して、街を横切るバスに乗っているサリー姿の女性や病院の受付係と話しているのかもしれない。

エルスターの部屋の明かりが点くとこうしたことは問題ではなくなった。自分を馬鹿みたいに感じることなくどうやって手を離していいか、私にはわからなかった。その動きは戦略的でなくてはならない。一時しのぎではだめだし、ちゃんと意味がなくてはいけないのだ。私は立ち上がって手すりのところまで歩き、手を離したのは副次的な細部にすぎないというふりをした。エルスターは脚を引きずりながら出てきて、私の前を通り過ぎた。パジャマからは老いの臭いがした。老いた体、寝室、シーツの臭いだ。エルスターの頼もしい悪臭は椅子まで彼について行った。

「飲みますか？」

「スコッチをストレートで」彼は言った。

家のなかで、網戸が開閉する音がした。そしてジェシーが居間を横切り廊下を歩いていくのが見えた。夜中ずっと、私は彼女の姿を一瞬捉え、彼女のそばを通り過ぎ、ドアのところですれ違う。そうした数百ある機会の一回ずつには、非出会いの持つ短い命しかない。まるで共に育った妹のようなもので、今やそれは静電気、空中のでたらめな揺らめきでしかない。

私はデッキまでスコッチを持って行った。自分にはウォッカだ。氷は一つだけ。巨大な夜を、月が横切っていた。ジェシーが子供のとき——と彼は言い、飲み物をすすっているあいだ私は待っていた。自分の腕や顔に触れないと、あの子は自分が誰だかわからなかった。そういうことはめったになかったが、それでもあったんだ、と彼は言った。ジェシーは手で自分の顔に触れた。これがジェシカなんだ。自分で触るまで自分の体は存在しないのさ。ジェシーは今このことは覚えてない、小さいころの話だ、医者で検査した。母親がつねってもほとんど反応がなかった。ジェシーは空想の友達が必要な子じゃなかった。自分自身が空想上の存在だったから。

それから我々は大したことは何も話さなかった。家事や町への遠出などについてだ。しかし会話の余白部分では、ある主題が小声で語られ続けた。父親の愛情がそうだ。そしてもう一人の男の立ち往生した人生。それから、ここにいたくない若い女性。他の質問も暗黙のうちになされた。戦争や、エルスターの果たした役割や私の映画についてだ。

私は言った。「カメラは三脚で固定されます。私はそばに座る。あなたはカメラではなく私を見る。使える光で撮ります。通りの雑音？　気にしません。これは大切な映画の撮影なんです。ある人物の起源についての」

かすかな微笑み。私がただしゃべっているだけだと彼はわかっていた。ここにいる理由が消えはじめていた。私はただここにいて、しゃべっているだけだ。あの場所へ戻るという考えを失ってしまいたかった。責任や古い悲しみに戻る、どこにも繋がらない何かをはじめるという、焼けるような苦痛に戻るという考えを。自分の興奮には嘘があると気づくまでに何度はじめればいいのだろう？　もうすぐ、彼と私、我々の語ることのすべてがジェシーと同じようになる日が来るだろう。ただの自己充足した語りで、何にも向けられていない。我々は蝿や鼠のようにここにいることになるだろう。同じ場所に住み着き、乏しい自然が許してくれる以上の何も見聞きすることはない。夏の平地のおぼろげな田園詩だ。

「時間が消え去っていく。ここでは私はそう感じるんだ」彼は言った。「時間はゆっくりと年老いていく。すさまじく年老いる。一日ずつ過ぎるんじゃない。これは深い時間、地質学的な時間だ。我々の人生は遠い過去に退いていく。目の前に広がっているのはそれだ。更新世の砂漠、絶滅の法則」

私は寝ているジェシーのことを思った。彼女は目を閉じると消えてしまう。これは彼女の才能の一つだ、と私は思った。彼女は瞬間的に眠ることができる。毎晩そうだ。彼女は横向きになり、体を丸め、胎児の姿勢で、ほとんど息もしない。

「意識は増大していく。自分自身の上に折り重なりはじめる。こうしたことはほとんど数学的にさえ私には感じられる。我々がまだ全く気づいていない数学か物理学の法則みたいなものがある。その法則に沿って、人間の精神はあらゆる方向から内側に向かって超えていく。それがオメガ・ポイントだ」彼は言った。「この用語にもともとどういう意味が与えられていようともね。もし意味があれば、経験を超えた何らかの観念にたどり着こうとして、言葉がもがいているだけでなければの話だが」

「どんな観念ですか？」

「どんな観念かって。発作だよ。精神や魂の崇高な変容、あるいは何らかの現世的な動乱さ。

我々はそれを求めてるんだ」

「我々がそれを求めているとあなたは思ってる」

「我々はそれを求めてるんだ。何らかの発作を」

彼はその言葉が好きだった。我々はその言葉を漂うままにした。

「考えてみろ。我々は存在するということについてほとんど忘れてしまっている。石だ。石が存在しはじめないかぎりは。深い神秘的な変化が起こって、石もまた存在しはじめないかぎりは」

ジェシーと私の部屋は壁を隔てていた。私は自分がベッドに寝ているところを想像した。浅い眠りで、うつらうつら幻覚を見ながらだ。こうした状態を表す言葉があったな――私は二つの体勢で、デッキの上に座ったり、ベッドにぐったりと寝たりしながら、その言葉を思い出そうとした。入眠時の、そうだ。ジェシーはたった一メートル向こうで安らかに夢を見ていた。

「一晩に話すのはこれで充分だ」彼は言った。「充分、充分」

彼はグラスを置く場所を探しているようだった。私はグラスを受け取り、彼が家のなかに戻るのを見ていた。すぐに彼の寝室の明かりが消えた。

あるいははっきりと目覚めたまま眠れずにいるのだろうか、我々二人は。彼女は仰向けになり、脚を開いている。私は起きあがったまま煙草を吸っている。もう五年吸っていないのに。そして彼女は寝るときに着ているものを着ている。腿までの長さのTシャツ。

私はまだエルスターのグラスを持っていた。それをデッキの上に置き、ゆっくりと自分の酒を飲み干した。家のなかに入り、いくつか明かりを消して、ジェシーの部屋の前に立った。ドアと枠のあいだには隙間があり、私はドアをゆっくりと開けるとそこに立ったまま、暗闇のなかで物の形がわかるようになるのを待っていた。ジェシーはベッドのなかにいた。けれども彼女が私を見ていると気づくのに少しかかった。彼女はシーツにくるまれたまま真っ直ぐ私を見ていた。それから奥の壁に向かって横向きになり、シーツを首まで引っ張り上げた。

もう一瞬が過ぎ、私はドアを元の位置まで静かに閉めた。また外に出て手すりのそばにしばらく立っていた。それからリクライニングチェアを平らになるまで倒し、仰向けに寝て、目を閉じ、両手を胸の上に置き、自分をどこにもいない誰でもない人のように、夜の一部である影のように感じようとした。


エルスターはひどく真剣に、黙ったまま運転していた。いつもそうだった。他に車が走っていないときでも、我々を妨げるものはたくさんあった。日や時間によって違っていた――道の状態、雨の兆《きざ》し、差し迫った夕闇、車に乗っている人々、車そのもの。カーナビは問題なかった。どこで曲がるかを告げ、過去の経験は正しかったと認めてくれた。ジェシーも乗っていて、後部座席に寝そべっているときには、エルスターは彼女が言うことをすべて聞き取ろうとした。その努力のせいで、彼はハンドルの上に前屈みになったまま、ひどく集中した。彼女は道路標識を声に出して読み上げるのが好きだった。立入禁止区域、鉄砲水注意、非常用電話ボックス、次の十キロメートル落石注意。今回は彼と私の二人きりで、食料雑貨を仕入れに町に向かっていた。彼は私には運転させようとしなかった。他人の運転を信用していなかったのだ。他人は自分ではなかったから。

スーパーで彼は棚に沿って歩き、買う物を選び、かごに投げ込んだ。私も同じようにした。我々は手分けして店内を素早く巧みに動き回り、ときどき通路ですれ違っても目も合わせなかった。

帰り道、私は舗装道路に雑に塗られた修理用のタールの筋に自分が気を取られていることに気づいた。眠くて、真っ直ぐに前を見続けた。そしてすぐ、フロントガラスについた汚れの点のほうがタールより面白くなった。道を外れて砂利道の上を走りはじめると、エルスターは大幅に速度を落とした。穏やかな上下動に私はほとんど眠ってしまいそうになった。私はシートベルトは締めていなかった。エルスターは車を出すときいつも「シートベルト」と言った。私は背を真っ直ぐにして座りながら両肩をぐるぐる回した。自分の爪の下の汚れを見た。シートベルトを締めろという言葉はジェシーに向けられていたが、彼女はいつも従うわけではなかった。我々は細長い小川の河川敷を過ぎた。私はダッシュボードをドラムのように叩いて血液を循環させたくなった。でもただ目を閉じ、ここに、どこでもない場所に座ったまま、聞いていた。

家に戻るとジェシーがいなくなっていた。

エルスターは台所から彼女の名前を呼んだ。それから家のなかを見て回った。ジェシーは散歩に行ったんだ、と私は彼に言いたかった。でもそう言ったら嘘に聞こえただろう。ジェシーはここではそんなことはしなかった。ここに来てからそうしたことはなかった。私は食料雑貨を台所の調理台に置き、外に出て周囲をくまなく見渡した。棘のある藪を蹴り、屈んでメスキートの立木をくぐり抜けた。何を探しているのか自分でもよくわからなかった。私が借りた車は停めたままの場所にあった。車のなかを調べ、家の前の砂地に新しいタイヤの痕跡を見つけようとした。だいぶ経ってから、我々はデッキに立ち、不動の世界をじっと眺めた。

はっきりと考えるのは難しかった。全く何もない土地の異常さのせいだ。彼女は視野のなかにぼんやりと現れ続けた。まるで言い忘れたり、し忘れたりした何かのように。

我々は再び家のなかに戻り、もっとよく探した。部屋を一つずつ見て回り、ジェシーのスーツケースを見つけ、クローゼットのなかを調べ、整理ダンスの引き出しを開けた。ほとんどしゃべらなかったし、何だとかどこだといった推測もしなかった。エルスターはしゃべっていたが、私にではなかった。ジェシーが予測不能であることへの困惑をいくらかつぶやいていた。私は廊下を横切り、彼女と共用していたバスルームに行った。窓枠に化粧道具一式が置いてあった。鏡にはメモは貼られていなかった。私はシャワーカーテンを引き戻し、思ったより大きな音を立てた。

それから物置を思い出した。どうして物置を忘れていたんだろう。私は愚かで奇妙な高揚を感じた。エルスターに言った。物置は。

ジェシーを連れずに我々がどこかへ行ったのは今回がはじめてだった。彼女が一緒に来たがらなかったのだが、我々は何か言うべきだったし、実際にエルスターは言った。でも我々はもっと言い張るべきだった。屈するべきではなかったのだ。

確かに遠くまで歩いていくのは不可能ではなかった。この数日間熱気は収まっていたし、雲もかかり、そよ風も吹いていた。

ひょっとしたら彼女はもう一分もここにはいたくなくて、いちばん近い舗装道路までわざわざ歩いていき、そこで車を拾おうとしたのかもしれない。彼女がサンディエゴまでたどり着き、ニューヨーク行きの飛行機に乗るというのは考えにくかった。明らかに何も、財布さえ持っていなかったのだから。財布は鏡台の上にあり、周りには請求書や小銭が散らばっていた。クレジットカードはそのまま財布に入っていた。

私は物置の入口に立っていた。百年分のがらくたが見えた。グラス、敷物、金属類、木材。我々は彼女をここにたった一人で取り残した。体の感覚、腕や肩が完全に無感覚となり、エルスターに何と言っていいかわからなかった。そして可能性、ほとんどありえない見通しについて考えた。暗くなっていくなか、我々がデッキに立っていると、ジェシーが砂利道を歩いてきて、我々、エルスターと私は自分たちが見ているものを信じられないと思い、ほんの数分でこの数時間のことを忘れてしまって、我々は家で夕食を取り、いつも通りの我々に戻る。

エルスターは家のなかでソファに座って、ぐっと前屈みになると、床を見つめたまま話した。

「ジェシーも連れて行こうとしたんだ。君も聞いていただろう。ジェシーは気分が悪いって言った。頭痛がするって。ジェシーはときどきそうなるんだ。家で昼寝したいと言った。アスピリンを渡した。アスピリンとグラスの水を持っていった。ジェシーがそれを飲むのを見ていた」

これらすべてが正確に言うとおりに起こったと、彼は自分自身に納得させようとしているふうに見えた。

「電話しましょう」

「電話しよう」彼は言った。「でも早すぎると言われないかな。まだいなくなって一、二時間しか経ってない」

「ハイキング中の人がいなくなったって、電話はいつもかかってくるはずです。いなくなる人はいつでもいる。こんな場所で、一年のこんな時期です。状況はどうであれ、行動は早めにするべきでしょう」私は言った。

使えるのは我々の携帯電話だけだった。どんな助けも呼べるいちばん素早い手段だ。エルスターの持っている一帯の地図には、管理人、保安官の事務所、国立公園の監視員の電話番号が記してあった。私は二人の携帯電話を手にすると、台所の壁から地図を引ったくった。

国立公園の監視員の事務所にいた男と電話がつながった。私はジェシーの名前と、見た目と、エルスターの家のある、だいたいの位置を伝えた。ジェシーの状況も説明した。登山道を歩く装備もないし、マウンテンバイクにも車にも乗っていない。大自然のなかで短い期間でも生き残れる準備はまるでない。自分はボランティアなので上司に連絡してみる、と男は言った。上司は今、グループを組んでメキシコ人たちを捜索中だった。彼らは国境を越えた場所まで連れてこられて見捨てられ、水も食料も持っていない。監視員には捜索用の飛行機と追跡するための犬、携帯用のナビゲーションシステムがあるし、夜間に捜索することも多い。これから捜索態勢に入る、と彼は言った。

エルスターはまだソファに座ったままで、電話はそばに置いてあった。保安官の事務所にかけても誰も出なかったので、彼はメッセージを残しておいた。今から管理人に電話しようとしていた。このあたりをよく知っている男だ。私は管理人をはっきりと思い出そうとした。太陽と風で染みのできた顔、厳しい目。もしジェシーが犯罪の犠牲者になったのだとしたら、そのとき彼がどこにいたのかを私は知りたかった。

エルスターは電話した。電話は十回ほど鳴った。

私は食料雑貨類を片づけおえた。これに集中したかった。何をどこにしまうかに、だ。でも手にした物は透明に見えた。私には向こう側が透けて見えたし、向こう側について考えてしまった。エルスターはまたデッキに出た。私はもう一度家を見て回り、何か印を、ジェシーの意図を暗示するものを探した。彼女がいないと分かった瞬間から積み重なった衝撃は、とても受け入れ難かった。私は外に出たくなかったし、彼のそばに立ってあたりを眺めていたくなかった。彼の周囲で恐怖は深まっていった。禍々しいことが起こったという感覚だ。だがしばらく経つと、私は背の高いグラスに氷を入れ、スコッチを注ぎ、外にいる彼のところまで持って行った。そしてすぐに周囲は夜になった。

# 4

空中に消える——ジェシーはそんな運命にあったし、そんなふうに生まれてきたように思えた。まる二日間、何の言葉も兆しもなかった。彼女は推測の範囲外にさまよい出てしまったのだろうか？　そして何が起こったかを我々は想像したくなかった。私は地理学的なこと以外は考えないように努めた。一秒一秒は我々を取り巻く荒れ地に規定されていた。けれども想像力そのものは自然の力であって、我々が支配することはできなかった。私は思った。動物たち、そして彼らが荒野の遺体に何をするだろうか——我々の心に浮かぶ遺体に。安全な場所などどこにもなかった。

昨日、あらゆる電話がかけられ、みな警戒態勢に入った。外に立っていた私には地平線に一台の車が見えた。浮かんでいるようにゆっくりと動き、塵と霞のなかで揺れていた。まるで遠くから撮られた映画の一場面のようだった。ゆっくりと待ち望む瞬間だ。

乗っていたのは地元の保安官だった。幅広の赤ら顔で、あごひげを短く揃えていた。彼は言った。ヘリコプターを飛ばしているし、警察犬が地上を捜索中だ。彼が最初に知りたがったのは、ジェシーが普段通りでない行動を最近したかということだった。私は彼に言った。普段通りでないのは、ジェシーがいなくなったということだけだ。

私は保安官に家中を見せて回った。彼は争いの痕跡を探しているようだった。ジェシーの部屋を調べ、エルスターと少し話した。そのあいだエルスターはソファに座っていた。ほとんど動けなかったのは、薬のせい、あるいは睡眠不足のせいだった。彼はほとんど何もしゃべらず、家のなかに制服の男がいるのを見て混乱した様子だった。大男のせいで部屋が小さく見えた。保安官は胸にバッジを付け、ベルトに銃を下げていた。

外で保安官は私に言った。今のところ調査すべき犯罪があったという証拠はない。次にやるのは他の郡の係官との捜索に関する打ち合わせだ。モーテルの宿泊記録、通話記録、レンタカーの記録、飛行機の予約記録や他のことを手分けして調べるつもりだ。

管理人は、と私は言った。彼のことは三十年前から知っている、と保安官は言った。あの男はアマチュアの博物学者で、この辺りの植物や化石の専門家だ。彼は近所に住んでるんだ——保安官は言い、私を見て、苦しんでいる人々のタイプをいくつか挙げた。最後に挙げたのが、砂漠にやって来て自殺する人々だった。

エルスターはついに、ジェシーの母親に電話してもいい、と言った。私は彼のために電波がよく入る場所を探した。いちばん電波が強いのは外だった。午後遅く、彼は家に背を向け、ロシア語を話した。がっくり肩を落としていた。ささやき以上の声を出すのは彼には難しかった。長い沈黙が何度も続いた。彼は聞き、再び話した。すべての言葉は言い訳だった。怠慢だ、愚かだ、罪深いと非難された男の返答だ。私はそばに立ち、彼が一度ぎこちない英語をしゃべったのは思わず彼女を真似してしまったのだと理解した。共有された痛みと親だというアイデンティティの表現だ。東のほうの青白い空にヘリコプターが現れた。私は彼を見ていた。ゆっくりと背を伸ばすと、頭を起こし、電話を持っていないほうの手で日の光を避けた。

あとで、私がしろと言ったことを彼がやったかどうか訊ねた。彼は目を逸らして寝室に向かった。ジェシーの友人について電話で触れるように彼に言った。ジェシーが会っていた男についてだ。だから彼女の母親はジェシーをここに行かせたのではなかったのか？　私は彼の部屋のドアの前に立った。彼はベッドに座っていて、片手を上げて何か手振りをしたが、私にはその意味はわからなかった。そんなことをして何になる、あるいは、彼は関係ないだろう、あるいは、ほっといてくれ、か。

彼は純粋な神秘であってほしいと思っていた。ひょっとしたらそっちのほうが彼にとっては楽なのかもしれない。人間の動機という湿った領域を越えた何かであるほうが。私は彼が何を考えているのかわかろうとしていた。神秘にはそれ特有の真実がある――形を持たないがゆえに深まり、意味は理解を逃れる。それゆえに、彼の心に浮かんできてしまうだろう明らかな細部を、彼は見ずにすむのだろう。

だが、これは彼の考えではなかった。彼が何を考えているのか、私にはわからなかった。自分の考えだってほとんどわからなかった。私は彼女の消滅をめぐって、その周辺のことを考えることができた。でも真ん中は、その瞬間そのものは、物理的な核心は、ただ空中に穴があいているだけだった。

私は言った。「私が電話しましょうか？」

「でもおかしいな。ニューヨークの誰かがなんて」

「そりゃおかしいですよ。おかしくないことなんてあります？　人がいなくなったんだから、おかしいに決まってるでしょう」私は言った。「なんて名前ですか、ジェシーの母親は？　私が話します」

エルスターがようやく電話番号を教えてくれたのは次の日の朝だった。三十分ものあいだ、通話中のツーツー音が続いて、それから怒った女性が出た。彼女は知らない人間の質問に答えることを拒んだ。しばらくのあいだ、会話はどこにも行かなかった。彼女はその男に一度だけ会った――彼がどこに住んでいるかはわからない、はっきりと何歳かも知らない、どんな仕事をしているのかも。

「男の名前だけ教えてください。いいでしょう？」

「あの子には友達が三人います。女の子たちです。名前も知ってます。他に誰と会っているのか、どこに行っているのか、あの子は名前を聞きません。私には名前を言いません」

「でもこの男は。二人で出かけてたんでしょう。あなたも会ったと言ってたじゃないですか」

「どうしても私が会いたいと言ったからです。彼はここに二分間立っていて、それから二人で出かけるんです」

「でも彼はあなたに名前を言ったんでしょ。あるいは、ジェシーが言った」

「ひょっとしたらジェシーが言ったかもしれません。ファーストネームだけ」

彼女は男の名前を思い出せず、そのせいでいっそう腹を立てた。エルスターと電話を代わると、彼は何とか彼女をなだめようとした。それはうまくはいかなかったが、私は諦めなかった。その男にはどこかしら気に入らないところがあったことを彼女に思い出させた。どこだったのか教えてください、と私は言った。気が変わったのか、彼女は次々に答えてくれた。

一週間かそれ以上、家に電話がかかってきたという。彼女が取ると、かけてきた人物は電話を切った。彼女にはあの男だとわかった。ジェシーと話そうとしていたのだ。ナンバーディスプレイには非通知と表示された。毎回彼だった。彼は受話器を優しく置いた。そして彼女は家の玄関の前に彼が立っていたのを思い出した。まるで週に三回やって来る食料雑貨の配達夫みたいに立っていたのを。それでも彼がどんな顔をしていたかは思い出せなかった。

「最後に非通知の表示を見たとき、私は電話を取って何も言いませんでした。誰もしゃべりません。下らないゲームを二人でやってるみたいです。私は待つけど、男はしゃべりません。彼は待つけど、私はしゃべりません。まるまる一分間も。それから、あんたが誰だかわかってるよ、と私が言うと、男は電話を置きます」

「彼なのは確かだと思ったんですね」

「ジェシーに他の場所に行きなさいと言ったのはこのときです」
「で、ジェシーが行ってしまうと？」
「もう電話はありません」母親は言った。

エルスターは髭を剃るのをやめた。私は毎日剃るようにした。普段と違うことはしなかった。我々は新しい情報を待った。私は外に出て車に乗り、捜索に加わりたかった。だが、エルスターが睡眠薬を一瓶分まるごと飲み込むところを想像してしまった。口のなかで三十錠か四十錠の薬と唾が圧縮され、ぐしょぐしょの塊、玉になったところを想像したのだ。私は座り、棚にある薬について彼に話した。あくまでいつも通りに飲んでくださいね、と私は言った。説明書を二度読み、警告に注意すること。警告に注意すること、と私は実際に口に出して言った。そしてその表現は大げさには響かなかった。彼がバスルームのドアのところに立っている姿を私は想像した。ぎゅっと噛みしめた塊のせいで口が少し開いていて、ためらいながら飲み込もうとしている。睡眠薬の味が舌を刺す。ドアの両側の枠を手で握って体を支えている。

ジェシーは携帯電話は持っていなかったが、彼女が我々の電話で発信したか、あるいは誰かからの電話を受けたかを警察は調べた。警察はモーテルの宿泊記録や、近くの郡や州の犯罪記録を調べた。

「我々はここにいなきゃならない」

「そうですね」

「ジェシーが帰ってきたらどうする?」

「少なくとも一人はここにいなきゃならないですね」私は言った。

今や私がオムレツを作っていた。エルスターはフォークを手に持ったまま、自分は何をするつもりだったか考えているようだった。朝、私はコーヒーを淹れ、パンにシリアル、ミルク、バター、ジャムを用意した。それからエルスターの寝室に行き、ベッドから出てくださいと言った。すべてがジェシーの不在の影響下にあった。彼はあまり食べなかった。床をモップで拭いている人のように家のなかを動いた。労力のいる作業でもしているように一歩一歩進んだ。

彼は一週間後にはベルリンにいる予定だった。講演か会議のためだったが、詳細ははっきりとは言わなかった。

彼は目の隅、右目の端あたりに何かを見るようになった。歩いて部屋に入っていくと何かがちらりと映る。色が付いていたり動いていたりする。振り向くと何もない。それが一日に一、二度あった。生理的なものだと彼は私に言った。いつも同じほうの目だ。よくある軽い機能不全で、ある年代の人に起こる。彼は振り向き、見る。誰かがそこにいたのに、彼女はいない。最初にそうしていたように、私はまた日数を数えはじめた。失われていく日々を。ほとんどいつも、二人のどちらかがデッキにいて、あたりを眺めていた。かなり夜が更けるまで我々はそうしていた。それは儀式、宗教的なしきたりになった。そしてしばしば、二人ともデッキに出ているときには、完全に黙り込んだ。

彼女の寝室のドアは閉めたままだった。

彼は世捨て人のようになっていった。廃鉱の小屋に住んでいる男だ。薄汚い老人で、震えていて、無精髭を生やし、目には警戒の色が浮かんでいて、誰か、あるいは何かが潜んでいるのではないかと、恐怖を感じながら一歩ずつ歩く。

エルスターは彼女をジェシカと呼びはじめた。本当の名前、生まれたときの名前だ。彼は断片的に話し、手を閉じたり開いたりした。彼が次第に内に閉じ込もっていくのが見ていて分かった。砂漠には何でも分かる、彼はいつもそう信じていた。風景は解き明かし暴き立てる。過去も未来も知っている。だが、今や彼は砂漠に取り囲まれていると感じていたし、私にはそれがわかった。閉じ込められ、圧迫されていると感じていたのだ。我々は外に立ち、砂漠が押し寄せてくるのを感じた。不毛な雷が丘の上で鳴り響き、嵐のなかの稲光が我々のところまでやってきそうだった。百の子供時代、と彼は漠然と言った。どういう意味だろう。ひょっとしたら雷のことだろうか。心のなかに何かを呼び起こす柔らかな轟きが数年の時を響きわたる。

いったい何が起こったのか、と彼ははじめて私に訊ねた。私がどう思うのか、どう推測するのか、どう想像するのかではない。何が起こったんだい、ジミー？　彼に何と言ったらいいのか私にはわからなかった。私が言える何も、他のものより本当に近いだろうとは思えなかった。それは起こった、それが何であってもだ。そしてそれについて思い返しても何の意味もなかった。もちろん我々はそれを思い返すだろう――あるいは、私は思い返すだろうけれども。彼には思い出せる個人的な過去があった。彼と彼女と、彼女の母親についてのだ。これこそが彼に残されたものだった。失われた時間と場所、本当の生活を、何度も何度も。

ある晩遅く、ジェシーの母親から電話があった。

「彼の名前を思い出した気がします」

「思い出した気がするんですね」

「寝てたんです。で、起きたとき彼の名前が浮かびました。デニスです」

「デニスだと思うんですね」

「確かにデニスです」

「ファーストネームがデニスなんですね」
「私が聞いたのはファーストネームだけです。たった今、目が覚めて、デニスだったんです」彼女は言った。

夜の部屋は時を刻んだ。ほとんど完全に静かだった。裸の壁、厚板の床——時間はここにも外にも流れていた。高い小道の上を。我々は待ちながら、過ぎていく一瞬一瞬を感じていた。私は酒を飲んでいたが、彼は飲んでいなかった。私は彼には飲ませなかったが、彼は気にしていないようだった。沈んでいく太陽は死につつある光でしかなかった。可能性はかすんでいった。何週間も、話す以外にやることがなかった。今や話すこともなかった。

ジェシカという名前は不吉に響いた。はっきりした諦めのように響いたのだ。彼女がベッドで寝ているあいだ、暗闇に立っていた男が私だった。エルスターの自責の念、罪と失敗がどういうものであろうとも、私はそれを彼とともに感じていた。彼は座って手を開いたり閉じたりしていた。太陽のほうからヘリコプターの音が聞こえてくると、彼は目を上げ、いつも驚いた。そしてどうしてヘリコプターがいるのか思い出すのだった。

我々はしばしば、携帯電話の電波がよく入る場所を探した。家のなかや外で一人が一方を向き、もう一人が別のほうを向いた。電話をかけ電話を受けながら、携帯電話を片耳に押し当て、あいているほうの手を反対の耳に当てた。彼はデッキの上にいて、私は道を四十メートル行ったところにいた。こうしているとき、私は自分たちを見ないようにした。私はこんな踊りを、必要の範囲内にとどめたかった。自分たちを見ないでいたかった。

エルスターが以前見つけた小型の古いバーベルを私は使いはじめた。私は国立公園の監視員や保安官に電話をした。保安官が言ったことを忘れられなかった。人々は自殺しに砂漠にやって来る。彼女にそんな兆しがあったか、エルスターに訊かなければならないことは私にもわかっていた。ジェシカ。医者には通っていたのか？　抗鬱剤は飲んでいたのか？　私と二人で使っていたバスルームには彼女の美容道具一式がまだ置いてあった。私は何も見つけられなかった。父親と話し、母親に電話したが、彼女にそうした傾向があったことを示す情報は何も聞き出せなかった。

私はバーベルを一つ持ち上げ、それから両手で一つずつ同時に持ち上げた。片手で二十回、両手で十回、持ち上げながら何度も何度も数え続けた。

私は彼をデッキに連れ出し、椅子に座らせた。彼はパジャマ姿で、紐の解けた古いテニスシューズを履いていた。彼の目はある一つの考えを追っていた。彼が見つめ続けているのは今や、対象ではなく思考だった。私は鋏と櫛を持って彼の後ろに立ち、散髪しなくちゃと告げた。

エルスターは何か訊ねるように少しばかり振り向いたが、私は彼の頭を元の位置に戻し、もみあげを整えはじめた。手を動かしながら話した。まるでBGMのように話しながら、頭の側面にあるもつれた房を櫛でとかして切った。これは髭剃りとは違いますと彼に言った。いつか髭を剃りたいと思う日が来るでしょうが、そのときは自分で剃らなきゃいけません。でも髪の毛は私とあなた、二人の士気に関わる問題なんですよ。その朝、私は無意味なことをたくさんしゃべった。感情を入れず淡々と、自分でも半分しか信じずに。彼の首の後ろで結んである髪から、虫のようなゴム紐を外して櫛でとかし、整えようとした。頭のいろんな場所に飛び移り続けた。エルスターはジェシーの母親について話した。彼女の顔や目、それらに彼が抱いた感嘆――声は小さくなり、低くかすれていった。彼の耳のなかの毛をどうしても切らなきゃと思った。白く長い繊維が暗闇から巻いて飛び出していたのだ。私はもつれた毛を切る前にいちいちほどこうとした。彼は息子たちの話をした。君はこのことは知らないだろう、と彼は言った。最初の結婚でできた息子が二人いるんだよ。母親は古生物学者だった。そして彼はもう一度言った。母親は古生物学者だった。エルスターは彼女を思い出していた。この言葉のなかに彼女を見ていたのだ。彼女も息子たちもこの場所が大好きだった。私はそうじゃなかった、と彼は言った。でも何年か経つうちに変わっていった。彼は言った。私はここで時間を過ごすのを楽しみに思いはじめて、それから離婚して、息子たちは若者になった。彼に言えたのはそれだけだった。

私は彼のそばに立ち、頭を傾けながら、自分の仕事の成果をじっくりと眺めた。エルスターの上半身にタオルをかけておくのを忘れたので、そこら中が切った髪だらけだった。顔、首、膝、肩やパジャマのなかにまで髪が散らばっていた。私はエルスターの息子たちについては何も言わなかった。ただ切り続けた。もし彼をシャワーで洗う必要があればそうしよう。彼の頭を台所の流し台に突っ込んで髪を洗おう。彼が漂わせている酸っぱい臭いをこすり落とそう。もうそろそろ終わりますと彼に告げたが、そこまでは進んでいなかった。それから、まだ他に忘れていたものがあると私は気づいた。髪を払うためのブラシだ。だが家のなかに探しには行かなかった。ただ切り、櫛でとかし、切り続けた。

朝早く電話が来た。衝突区域と呼ばれる広大な場所から遠くないところにある深い渓谷で、捜索隊がナイフを見つけたらしい。衝突区域は立入禁止で、以前は爆撃の実験場だったせいで不発弾がごろごろしている。彼らはナイフの周辺を囲い、捜索範囲を広げた。公園の監視員はナイフを武器呼ばわりしないように注意していた。ハイキングやキャンプをした人が、もろもろの用途で使ったものかもしれない。彼は発見場所に行くには未舗装の道をだいたいどうたどればいいかを言った。そして話が終わると、私はエルスターの地図を見つけ、すぐさま衝突区域を特定した。四角い境界に囲まれた、広大で幾何学的な区画だった。西側には薄い波線が描いてあった——峡谷、涸れ河、それから鉱山に続く道だった。

エルスターは部屋で寝ていた。私はベッドの上に屈み、彼の寝息を聞いた。このときなぜか、私は自分の目を閉じた。それから薬棚を調べ、様々な瓶に入った丸薬や錠剤が大きく減っていないか確認した。コーヒーを淹れ、彼の皿やナイフ、フォークを並べると、町に行ってくるというメモを置いた。

刃には血は付いていないようだった——監視員はそう言っていた。

私は町に向かって車を走らせ、それから東に進路を変えてしばらく行くと、ついに問題の地域に近づいた。舗装道路を外れ、轍《わだち》の多い小道を走っていき、長く砂っぽい涸れ河に入った。すぐにひびの入った高い崖が両側から車に迫ってきて、それほど行かないうちに、もう車では進めない場所にたどり着いた。私は帽子をかぶり、車を降りて、熱気を、熱気の苛烈さと暴力を感じた。トランクを開け、アイスボックスの蓋を開いた。溶けた氷のなかに水の瓶が二本横たわっていた。捜索された場所からどれだけ離れているかわからなかったので監視員に電話しようとしたが、電波が届いていなかった。鉄砲水や地震で高いところから落ちてきた、ずんぐりとした巨大な岩の周りを歩いた。荒れた道は崩れた花崗岩のように見えたし、歩いていてもそう感じた。ときおり私は立ち止まり、空を見上げた。空は閉じ込められ、圧縮されているように見えた。長いあいだ空を見ていた。空は崖の縁のあいだにぴんと張られているようで、狭くて低かった。奇妙だと思った。空がすぐそこにあって、岩を覆い、すぐにでも触れられるなんて。私は再び歩きはじめ、狭い小道の終わりまで来て、開けた場所に出た。地面は藪や岩石でびっしりと覆われていた。私は半ば這いながら石の小山を上っていくと、目の前に完全に焦げた世界が広がった。

私は目も眩むような光の潮と空を見上げた。眼下には銅のような色の不毛な丘がうねっていて、無垢な尾根の連なりは砂漠の底から盛り上がり、規則的に並んでいた。あそこで誰かが死んでいるなんてことがあるだろうか？　そんなこと想像もできなかった。左右対称に拡がる溝や突起はあまりに巨大で、現実とは思えなかった。その胸も張り裂けるような美しさ、その無関心に私は押しつぶされた。そしてその場に立ち、風景を眺めれば眺めるほど、我々には答えなど分からないだろうということがはっきりした。

私は日向を避け、斜面を滑り降りて、楔型の影になっている平らな場所に戻らなければならなかった。そこで後ろのポケットから水の瓶を取り出した。再び監視員に電話しようとした。今自分がどこにいるのか訊きたかったのだ。彼がどこにいるかも訊きたかったし、今度はもっと細かい場所の指示がほしかった。私はナイフの発見場所に、ただ見るために、ただどんなところか感じるために行ってみたかった。ナイフはこの郡のどこかにある鑑識に送られたとわかっていた。番号非通知の男からジェシーの母親が受けた電話について、私が与えた情報に基づいて保安官が捜査しているとわかっていた。デニスだ。私は彼をデニスXと呼んでいた。電話を追跡する法的根拠はあるのだろうか？　母親は男の名前を正しく覚えていたのだろうか？　私が家に入っていくと、父親はまだベッドのなかにいて、記憶に飲み込まれたまま、動けない状態でいるのだろうか？　水は生ぬるく化学物質の味がして、分子にまで砕けていた。私は少し飲み、残りを顔やシャツにかけた。

　薄っぺらな線になった空の下、私は涸れ河を戻っていき、立ち止まると切り立つ崖に触れ、層になった岩や水平の割れ目や断層を感じ、巨大な隆起を思った。目を閉じて耳を澄ませた。完全な静寂だった。こんな静けさを感じたことは今までなかった。こんなふうな、包み込んでくる無は。だが無は存在していて、私の周りを回っていた。あるいは彼女、ジェシーが。手からは温もりが伝わってくる。どれだけのあいだそこに立っていたかわからなかった。体のすべての筋肉が耳を澄ませていた。この静寂のなかで、自分の名前さえ忘れてしまえるだろうか？　壁から手を離し、自分の顔に触れた。ひどく汗をかいていて、指の放つ湿った悪臭を舐め取った。目を開けた。私はまだここにいた。外なる世界に。そして何かを感じて振り向き、驚きながらその名を自分に告げた。一匹の蠅が近くでぶんぶんいっていたのだ。私は自分に言い聞かせなければならなかった。蠅。蠅は私を見つけて近くまで飛んできたのだ。この、水が流れることもある場所をずっとたどって、ぶんぶんいいながら。そして私は音をめがけて漠然と手で叩き、行き止まりに戻りはじめた。ゆっくりと歩き、壁からは離れなかった。ときどき日陰になった。しばらくして、もうそろそろ車に着いてもいいころだと思った。疲れ、空腹で、水もなくなった。この峡谷、この山道には、北や南に向かう枝道があっただろうかと思った。間違ったほうに迷い込んでしまったんだろうか？　そんなことありえないとは確信できなかった。崖の両側が接する場所で、空が点にまで縮んでいるように見えた。私は引き返そうかと思った。ポケットから水の瓶を取り出し、一、二滴絞り出して飲もうとした。何歩か進んでは引き返そうと自分に言い聞かせたが、前に進み続け、歩く速度を上げた。踏んでいる花崗岩の欠片が来るときに踏んできたのと同じものかどうか自信がなかった。色や模様、砂粒を踏むときに靴の立てる音まで思い出そうとした。迷ってしまった、と思った瞬間、道が少し広がるのが見え、向こうに車があった。金属とガラスの埃っぽい塊だ。私はドアを開け、座席に倒れ込んだ。キーを鍵穴に挿し、エアコンとファンとその他のスイッチをいくつか押した。しばらくのあいだ深々と腰掛けたまま、何度かゆっくりと深呼吸した。もう家に帰ろう、とエルスターに言わなくては。

その夜私は眠れなかった。次々と夢を見た。他の部屋や壁の向こうに女がいた。ときにはそれはジェシーで、他のときにははっきりと確実にジェシーかはわからなかった。それからジェシーと私が彼女の部屋で、ベッドのなかにいる。体を深く織り合わせ、海のように、波のように回りながらアーチを描く。夜通し続く透明なセックスの、ありえない一瞬だ。彼女の目は閉じていて、顔は凍っていない。彼女はジェシーだったが、同時にありえないほど表情豊かだった。私が彼女を自分のなかに導き入れているあいだも、ジェシーは自分の外に漂い出ているように見えた。私はそこにいて興奮していたが、開いたドアのそばに立っているもう一人の自分には、私の姿はほとんど見えなかった。

私は彼を見た。顔は頭部のがっしりした骨組みのなかに少しずつ沈み込んでいた。彼は助手席に座っていて、私は静かに言った。

「シートベルト」

彼は遅れて気づいたように見えた。私がしゃべったのは分かったが、意味は分からない。エルスターはレントゲンの画像に似はじめていた。目立つのは眼窩と歯ばかりだ。

「シートベルト」私はもう一度言った。

シートベルトを締めて彼を見ながら待っていた。我々は私が借りた車に乗っていた。私は車を洗った。バッグにものを詰め込みトランクに入れた。十本ほど電話をした。今度はエルスターはうなずき、右肩の上にあるベルトに手を伸ばした。

我々は彼女を置き去りにしようとしていた。考えられないことだった。我々のどちらかは常にここにいようと二人で最初に決めたのだ。今や秋も、あるいは冬の終わりまでここは空き家で、エルスターが戻ってくる可能性はなかった。私は自分のシートベルトを外し、身を乗り出して、彼がシートベルトを締めるのを手伝った。そして町に行き、ガソリンを満タンまで入れると、すぐ町を出て、断層帯を通り抜け、渦を巻く岩々を横切った。歴史は車窓を流れていった。山が生まれ、海が退く。エルスターの歴史、時間と風だ。鮫の歯が砂漠の石に跡を残す。

彼をここから連れ出すのは正しかった。もしここに居続けたら、彼は震えたまま体重五十キロを切っていたことだろう。私はエルスターをガリーナのところに連れて行くつもりだった。それが彼女、ジェシーの母親の名前だった。そして彼女の同情にエルスターを委ねるつもりだったのだ。彼を見るがいい。弱々しく打ちひしがれていた。彼を見るがいい。悲しいほど人間らしかった。彼らはこの件では仲間なんだ、と私は自分に言い聞かせた。彼女はこの試練をエルスターと一緒に乗り越えようとするだろう、と言い聞かせた。でも我々が家に向かっていることを、彼女にはまだ電話で告げてはいなかった。私はガリーナに電話するのが怖かった。

私は隣の席をちらちらと見続けた。彼は深々と座り、目を大きく見開いていた。そして私は彼の髪を切ったときのようにエルスターに話し続けた。その長い朝、ずっと取り留めもなく話した。彼を会話に引き込もうとし、互いの気を紛らわせようとしたのだ。だが、話しかける相手などほとんどいないようなものだった。彼は記憶や次々と浮かぶ後悔の向こう側にいるようだった。ほんの簡単な輪郭線だけとなり、重さを失っていた。私は運転しながら話した。これからの飛行機の旅について語った。便名を告げ、今は順番待ち中だと言い、出発時間と到着時間を教えた。無味乾燥な事実ばかりだ。自分の声色には、彼をこの世界に連れ戻そうとする見え透いた策略が聞き取れると私は思った。

道は登りはじめた。我々の周りで、風景は緑になっていった。点在する家々、トレーラーハウスの駐車場、サイロ。彼は咳をし、喘ぎはじめた。なんとか痰を吐き出そうとしているのだ。窒息するのでは、と私は思った。道は細く険しく、端にはガードレールがあった。私にできるのは前に進み続けることだけだった。彼はとうとう汚い痰を吐き出した。咳払いして、自分の広げた手のひらに吐いたのだ。それから、ぶるぶる震えるそれを見ていた。私もちらりと見た。濃く粘ついて脈打つそれは、真珠のような光沢のある緑色だった。どこにもそれを捨てる場所はなかった。私はなんとかポケットからハンカチを引っ張り出し、痰めがけて投げた。手のひらの粘液に彼が何を見ていたのかはわからないが、エルスターは見続けていた。

我々は樫の並木道を通り抜けた。そして彼は低いしゃがれ声で何語か言った。

「古代の体液の一つだ」

「何だって？」

「粘液さ」

「粘液」私は言った。

「古代から中世にかけての体液の一つだ」

ハンカチは彼の膝の上だった。私は手を伸ばして掴むと、目は道路を見たまま、ハンカチを振り開き、彼の手の上に持って行き、どろっとした塊にかぶせた。ヘリコプターが後方のどこかを通り過ぎ、私はバックミラーを見て、エルスターを見た。彼は動いていなかった。手を伸ばして座ったままで、手には布がかかっていた。彼女を置き去りにしている。遠くのほうで回転翼の音が静まるのが聞こえる。彼は手の汚物を拭き取り、ハンカチを丸めると足のあいだからマットに落とした。

我々は黙ったまま、小型トラックに引かれたモーターボートの後ろを走った。私は物や存在に関する彼の意見について考えていた。デッキでのあの長い夜、半ば酔いながら、彼と私は話した。超越、発作、人間の意識の終わりについて。今となればそれは、死んだ木霊《こだま》のようだった。ポイント・オメガ。百万年先だ。オメガ・ポイントは今ここで縮小し、体に突き刺さるナイフの先端になる。人類の巨大な主題は小さくなり、この場の悲しみ、一つの体となり、どこかにある、あるいはない。

我々は松林を通り抜け、湖に沿って走った。小さな鳥たちが水面近くを飛んでいた。エルスターは両目を閉じ、鼻を鳴らしながら呼吸していた。私は未来について考えようとした。これからやってくる未知なる週や月を。そしてこの瞬間まで忘れていたことがあるのに気づいた。映画だった。映画のことを思い出した。再び壁の前に男がいて、顔や目が映っている。だがありきたりの出演者ではない。映画において顔とは精神だ。男は苦しむ精神である。まるでドライヤーやベルイマンの映画のように。室内劇に登場する、問題を抱えた人物である彼は、自分の戦争を正当化し、それをはじめた人々を責める。今撮ることは決してない、一コマもだ。彼には必要なだけの意志の強さも意欲もないだろうし、それは私も同じだった。物語はイラクでもワシントンでもなく、ここにあって、我々はそれを置き去りにし、かつまた互いに持ち帰る。

今や道は高速道路に向かって下っていた。彼はシートベルトを締めたまま子供のように眠っていた。私は空港や荷物や、彼を車椅子に乗せることについて考えた。中世の体液について考えた。私は彼に目をやり、状態を確かめ続けた。

さて、我々は虚ろな空からやって来た。一人はもはや何も知ろうとしない。もう一人は今日から自分が何かを抱え続けるということだけは知っている。静寂や距離を。そして誰かの狭いアパートにいる自分を思い浮かべる。そこで、古い煉瓦の壁の粗い表面に彼は触れ、目を閉じて耳を澄ます。

すぐに西へ向かいはじめた。車やトラックが集まり、ガタガタ言いながら走っている。四車線だ。そして私の携帯電話が鳴った。一瞬ためらうが、尻のケースからすばやく取り出し、もしもしと言った。答えはなかった。私はもしもしと言い、ちらっと画面を見た。番号非通知。私は、はい、もしもしと大きな声で言った。答えはなかった。私はエルスターを見た。今、彼は目を見開き、こっちを向いていて、この一週間で最も集中していた。私はもしもしと言い、ちらっと画面を見た。番号非通知。私は切るのボタンを押し、ベルトに付けたケースに戻した。

私は高速道路を運転するのが大嫌いだった。交通量が増え、車は素早く車線を変えていた。私は路面を見続けた。彼を見たくなかったし、質問も考えも聞きたくなかった。同時に六つのことを考えていた。母親。彼女は眠っているとき彼の名前を思い出した。私は誰かが電話を返してくれたのかなと考えた。そうなんだろう、そうでしかありえない——昨晩か今朝、私がかけた電話を返してくれたんだ。友人や同僚や大家が。電波が弱くてうまく繋がらなかったんだ。それはどういうことだろう？　もうすぐ都市に戻るということだ。休むことのないニューヨーク、いろんな顔、言語、どこにでもある建築現場の足場、朝四時のタクシーの列、回送の表示が光っている。

私は自分のアパートについて考えた。ドアを開けて入るときでさえ、どれほど遠く感じるだろう。私の人生が一目で見渡せる。すべてがそこにある。音楽、映画、本、ベッドと机、焦げついたガス台の火口の周りのエナメル。部屋に入ると電話が鳴っているだろうと考えた。

## 匿名の人物 II

九月四日

ノーマン・ベイツは恐ろしいほど穏やかに受話器を置いている。

壁のところに立った男はこのあとどうなるかを考えている。彼はこんなことをやりはじめていた。心のなかで映像を思い浮かべながら、シーンを飛ばし、速度を上げて見ていくのだ。終わりのシーンはそれほど先ではなかった。腕時計は見たくなかった。自分の短気を押さえつけ、すべてのエネルギーを画面に向けて、今何が起こっているかを見ようとしていた。

扉がそっと、絶え間なく開き続ける。

扉が動くたびに屋内の明かりの筋が床に広がる。

扉の影が扉の下で消える。

こうした抽象的な瞬間、すべての形と大きさ、絨毯の模様や床板の木目は、彼をとても敏感にする。そして頭上から撮られた踊り場の場面とアーボガストへの攻撃。

この展示室にたびたび足を運んだ経験は、彼の記憶のなかで継ぎ目なく混ざり合っている。特定のシーンをどの日に見たのか、あるシーンを何度見たのかを彼は思い出せない。

それらをシーンと呼べるんだろうか——動かなくなった状態のそれら、生々しい身振りや手から顔への長い弧を？

彼はいつもどおりの場所にいて、体を北側の壁にくっつけていた。通り過ぎる人々は落ち着かない様子で、入ってきては出て行った。彼は思った。もしここに椅子かベンチがあったら彼らはもっと長くここにいるだろう。だが座れるようにするどんな配慮も、作品の意図を台無しにしてしまう。何もない会場、暗闇、肌寒い空気、そして扉のところにいて微動だにしない警備員。警備員の存在のおかげでこの状況は純粋なものになっていた。微妙で、貴重なものになっていたのだ。でも彼は何を警備しているんだろう？　おそらく静けさを、だ。あるいはスクリーンそのものを。映画館の入ったショッピングモールから来た観光客たちは、スクリーンによじ登って引き裂いてしまうかもしれない。

立ったままでいるというのも芸術の一部だ。立ったままのその男は参加している。それが彼だった。六日通して彼はここに来て、インスタレーションの最終日を迎えた。彼はこの部屋にいたことを懐かしく思うだろう。ときに自由にスクリーンの周囲を回り、反対側からじっと眺め、人々が左利きになり、ものが左利き用になるのに気づく。だがいつもこの壁に戻ってきて、実際に触れる。あるいは自分が何をしているのだろうと思い、わからなくなる。この体からスクリーンの震える映像へ転生し、移動する。

元の映画の退屈な部分も、もはや退屈ではなかった。それらは他のすべてと同じ、すべての分類の外側にあり、誰でもそのなかに入っていけた。彼はそう信じたかった。だがいくつかの瞬間において、彼はもっとたやすくスクリーンに入り込めた。彼はこのことを認めた。登場人物がいなかったり、鳥の剝製や人間の片目が映ったスクリーンにだ。

三人の子供たちが入ってきた。二人は男の子で一人は女の子、全員が交換可能に見えるほどの金髪で、その後ろには女性がいた。

探偵のアーボガストが心臓の下をはっきり一度刺されたのに、どうして顔に刺し傷のある状態で階段を転げ落ちていくのかが彼には理解できなかった。ひょっとしたら観客は第二、第三、第四のナイフの傷を想像すると思われているのかもしれないが、彼はそんなことはしたくなかった。

動きと視覚的効果のあいだには明らかな不一致があった。

　彼は編集の複雑さについて考えようとした。普通に映写されたときについて考えようとした。以前最後にこの映画をテレビで見たとき、そうした問題に気づいた覚えはなかった。ひょっとしたらこの失敗は、一秒間に二十四フレーム映される状況では見つけることができないのかもしれない。我々はこの速度で現実を認識している、すなわち脳が映像を処理しているのだとどこかで読んだことがあった。形式を変えて欠点をさらけ出せ。しっかりとしたものの捉え方をする人ならば、こうした欠点も許すものなのかもしれない。もし彼がそうでないなら、それが彼なのだろう。

　子供たちはドアから少し入ったところでぐずぐずしていて、自分たちが入ってきたところで何が行われているのかを調べようかどうか迷っていた。女性は側面の壁に沿って滑っていき、立ち止まり、スクリーンを見て、二つの壁が出会う角まで移動した。子供たちが徐々にフィルムに興味を失い、周囲を見回すのを彼は見た。自分たちはどこにいるんだろう、これは何だろう？　一人がドアのほうを見た。そこには警備員が立っていて、超然としたまま一日中、狭い範囲を見つめていた。

　アーボガストはまだ階段を落ちていた。

彼はまたある状況について考えた。子供たちのおかげで考えたのだ。二十四時間以上連続して、映画が始めから終わりまで上映されるという状況について。どこかで一度、別の美術館、別の都市で行われたんじゃなかったか？　こうした上映をどんな言い回しで呼べばいいのだろうと彼は考えた。選ばれた聴衆。子供も、思いつきで来た観客もなしだ。一度上映がはじまるとなかには入れなくなる。誰かが出たがるとか、出なくちゃならなくなったらどうだろう？　出てもかまいませんよ。どうしても必要なら出てください。でも一度出たらもう入れません。忍耐力と辛抱の個人的な試験、ある種の罰になるだろう。

だが何に対する罰だろう？　これを見たことに対してだろうか？　毎日毎日、毎時毎時、哀れにも匿名を保ちながらここに立って見続けたことに対する罰？　彼は他の人について考えた。他の人はそう言うだろう。でも他の人って誰だ？

女性は暗闇のなか、壁に沿って滑っているように見えた。同じ割合でわずかに速度を増し続けていた。彼には彼女はほとんど見えなかったし、彼女から彼が見えないのは確かだった。彼女はこの子たちを連れて来たのだろうか、そうではないのだろうか？　子供たちは三つの明るい物体として——年齢は八歳から十歳だろうか——スクリーンの光を集めていた。スクリーンではマイクロ秒のうちに惨《むご》たらしい死が削り落とされていた。

アンソニー・パーキンスがノーマン・ベイツを演じていた。ノーマン・ベイツが母親を演じていた。今や階段のいちばん下にしゃがみ込んでいた。未亡人の鬘《かつら》をかぶり、床までの丈のドレスを着ている。彼は蜘蛛のように探偵の上に多いかぶさる。探偵は廊下の絨毯に仰向けに倒れている。そしてベイツは刺す作業を再開する。

彼も美術館の警備員も匿名の存在だ。今日の警備員は前の五日の警備員と同じなのだろうか？　前の五日の警備員は一日中同じ人だったのだろうか？　一日のどこかで警備員を交代させなければならないはずだが、彼は気づかなかったか、あるいはそのことを忘れてしまっていた。男性と女性が入ってきた。子供たちの両親だ。遺伝暗号が空中でぱちぱちと音を立てた。大柄な二人はカーキ色の短パンを穿いていて、ものすごく三次元的で、トートバッグを持ち、ナップザックを背負っていた。彼は映画を見て、他の人たちを見て、映画を見た。そのあいだ、心は働き、脳は処理していた。今日が終わってほしくないと彼は思った。

それから誰かが何かを言った。

誰かが言った。「私は何を見てるの？」

それは彼の左にいる女性だった。今やさっきより近くで彼に話しかけていた。このことに彼は混乱した。その質問のせいで、彼はスクリーンをより集中して見つめた。彼女が言ったことをきちんと理解しようとした。誰かが自分の隣に立っているという事実になんとか対処しようとしたのだ。こんなことは今までなかった。ここでは。そして今までなかったもう一つのことにも適応しようとした。起こりえないはずだったこと、話しかけられるということに。なぜか彼の隣に立っているこの女性は、一人きりで見るべしという規則そのものを書き換えつつあった。

彼はスクリーンを見ながら、何を言おうか考えていた。彼は語彙が豊富だったが、人と話しているときはそうでもなかった。

ついに彼は囁いた。「私立探偵。仰向けの男」

抑えた囁き声だったので、彼女に聞こえたか自信がなかった。だが返事はほとんど瞬間的だった。

「誰が彼を刺してるのか、知っておいたほうがいいかしら?」

何を答えるか決める前に、彼は再びちょっと考えた。答えはいいえだと決めた。

そう言った。「いいえ」その答えが最終的なものであることを首を振って示した。そう受け取ったのは自分だけかもしれなかったが。

彼はしばらく待った。画面の真ん中あたりに映った手とナイフを見ながら、たった一人で。そしてまた質問された。囁き声とはまったく言えない声で。

「昔ながらの長患いで死にたい。あなたは？」

これまでこの経験で興味深かったのは、関わっているのが彼だけだというところだった。彼がここにいることは誰も知らなかった。たった一人で、彼は気づかれずにいた。分かち合うべき何物もなく、誰からも何も受け取らず、誰にも何も与えなかった。

そしてこれだ。突然、展示室に入ってくると、壁のところにいる彼の隣に立つと、暗闇のなかで彼に話しかけている。

彼は彼女より背が高かった。少なくともそれは確かだった。彼は彼女を見てはいなかったが、自分のほうが背が高いことはわかっていた。いくらか、少しだけ。見る必要はなかった。彼はそう感じた。わかったのだ。

金髪の子供たちはがっかりして、両親のあとから扉の外に出て行った。そして彼らは白黒の映画をもう永久に見ないんじゃないかと想像した。ジャネット・リーの姉とジャネット・リーの恋人が暗闇で話しているのを見た。会話が聞こえないのを残念だとは思わなかった。そんなもの聞きたくなかった。必要じゃなかった。本物の映画、もう一つの『サイコ』を見ることはもうできないだろう。これこそが本物の映画だった。彼はここではじめてすべてを見た。どの一秒でも、たくさんのはじめて見たことが起こっている。六日後、十二日後、百十二日後でもだ。

彼女は言った。「スローモーションで生きるってどういう感じでしょうね?」

もし我々がスローモーションで生きていたら、これは普通の映画でしかない。しかし彼はそうは言わなかった。

代わりに彼は言った。「ご覧になるのははじめてのようですね」

彼女は言った。「何でもはじめてよ」

ここに何回来たのか訊かれるのを彼は待っていた。もう一人いるという状態に彼はまだ馴れようとしている途中だったが、これこそこの数日、彼が望んでいたことではないか? 映画を誰かと——映画について話したがり、こうした体験を評価したがる誰かと一緒に見るというのは。

何であれスクリーンで起こっていることから自分は何百キロも離れたところに立っているのだ、と彼女は言った。それが気に入っていた。一般論として、ゆっくりであるということが好きだと彼女は言った。たくさんのことが速すぎるのよ、と彼女は言った。ものごとに対する興味を失えるだけの時間が必要よ。

他の人たちには彼らの会話は聞こえなかったか、誰も気にしていないかのどちらかだった。彼はまっすぐ前を見ていた。映画が実際の終わり、物語の終わりにたどりつく前に美術館が閉まるだろうと彼は確信していた。アンソニー・パーキンスが毛布にくるまれていて、ノーマン・ベイツの両目が映る。近づいてくる顔には病的な微笑みが浮かんでいる。もの言いたげな視線、共犯者としての視線が、暗闇で見ている人物に向けられる。

ここに何回来たのか、彼女に訊かれるのをまだ彼は待っていた。毎日毎日です、そう彼は言うだろう。何度かは忘れました。好きなシーンはどれ？　彼女は言うだろう。一瞬一瞬、一秒一秒味わっているだけです。

その次に彼女が何を言うかは彼には思いつかなかった。この部屋を出てトイレに行き、しばらく自分を鏡で見たいと思った。髪、顔、シャツ、一週間同じシャツだ——ただちらりと自分を見て、手を洗い急いで戻ってくる。前もって場所を思い描いた。男性用トイレは六階だ。彼女が閉館時間までいるだろう展示のあいだに自分を見ておく必要があった。そして二人はともに展示室を出て、明るい場所に立つのだ。彼女が自分を見たとき、いったい何を見て取るだろう？　だが彼はそのままの場所にいて、両目はスクリーンを捉えていた。

彼女は言った。「私たちは地理的にはどこにいるの？」

「映画はアリゾナ州フェニックスではじまります」

どうして自分が州と都市の名称を両方言ったのか、彼にはわからなかった。州は必要だろうか？　必ずしもフェニックスがアリゾナ州にあるとは知らない人と話しているのだろうか？

「それから舞台が代わります。カリフォルニアだと思いますけど。道路標識やナンバープレートが出てきます」彼は言った。

フランス人のカップルが入ってきた。フランス人かイタリア人で、知的な感じで、横にスライドして開く扉の近くの弱い光のなかに立っていた。ひょっとしたら彼がアリゾナ州フェニックスと言ったのは、映画冒頭のクレジットのあとでその文字が画面に現れたからかもしれなかった。ジャネット・リーが演じた役の名前も冒頭のクレジットに出てきたかを彼は思い出そうとした。ジャネット・リーは——でももし出てきていたとしても、名前は記憶に残ってはいなかった。

彼はその女性が何か言うのを待っていた。高校時代、話していた女の子が自分より背が高かったせいで、床に倒れ込んで通行人に蹴られたいと思ったのを思い出した。

「必要以上にかなり視覚的な映画もありますよね」

「これはそうじゃないと思いますよ」彼は言った。「この映画は一ショット一ショット綿密に作り上げられていると思います」

このことについて考えてみた。シャワーのシーンについて考えてみた。彼女とシャワーのシーンを見ることについて考えてみた。一緒に見たらおもしろいだろうな。でもそのシーンが映されたのは昨日だったし、美術館が閉まると映画も止められるから、シャワーのシーンは今日は映されない。そしてカーテンの輪について考えた。死につつあるジャネット・リーが倒れながらカーテンを引っ張ったとき、カーテンを吊るす棒で回っていたリングは本当に六つだっただろうか？またそのシーンを見て、もう一度カーテンのリングを確認したかった。六つ数えた——確かに六つだったが、それでももう一度確認する必要があった。

再考は次々と続き、こうした状況にいるせいで、一つ一つの過程は密度を上げていった。ここにいて、何時間も見て考え、立ったまま見て、映画について深く考え、自分について深く考える。あるいは映画が彼について深く考えているのだろうか？　まるで漏れ出した脳髄の液のように、彼のなかを流れていきながら。

「美術館の他の展示は見ましたか？」

「真っ直ぐここに来ました」彼女は言った。残念なことに、彼女が言ったのはそれだけだった。

話の筋や登場人物についてなら彼は彼女に話せたが、運が良ければ、ひょっとしたらあとでもかまわないかもしれない。何をしたのか彼女に訊くことについて彼は考えた。ある言語を学んでいる二人のようにだ。あなたは何をしますか？　わかりません、あなたは何をしますか？　これはここでするべきたぐいの会話ではなかった。

自分たち二人は似ていると彼は考えたかった。彼は想像した。互いに長いことじっと見つめ合うのを。この暗闇のなかで、隠し事のない率直な視線、真実に満ちた視線を交わすのだ。力強く、深いところまで見抜く視線を。それから相手を見るのをやめ、振り向いて映画を眺める。互いに何もしゃべらない。

ジャネット・リーの姉がカメラに近づいてくる。暗闇に向かって走っている。美しいものだ、速度をゆるめながら走る女性は。やってくる彼女越しに背景の明かりがちらちらと見える。顔と肩の形がぼんやり見える。完全な闇が彼女を取り巻いていく。ここで二人が話すべきことはこれだ。もし話すなら。話すときには、光と影、スクリーンの映像、今いる部屋、二人がどこにいるかについて話すべきだ。二人が何をしているかではなく。

彼の体が緊張しているせいで、彼女はこのシーンの状況に注意を向けるだろうと彼は信じようとした。彼の隣にいて、彼女はその緊張を感じるだろう。彼はそう考えた。それから、髪を櫛でとかさなきゃと考えた。櫛を持ってはいなかった。鏡の前に来たら両手で髪を撫でつけなきゃならない。いつでもどこでも、気づかれないように。あるいは、扉や柱の、物を反射する表面の前に来たら。

フランス人のカップルが場所を変えた。部屋を横切り、西側の壁まで動いたのだ。彼らの存在は好ましかった。二人はよく集中していた。そしてこの体験についてあとで何時間も話すに違いないと彼は思った。二人の声の抑揚を、強調と沈黙のパターンを彼は想像した。友人に勧められたレストランで夕食中話し続けるのだ。インド料理、ベトナム料理のレストランだ。ブルックリンにあって遠い。行きにくい場所にあればあるほど、料理は良くなる。二人は彼の外側にいる、命を持った人たちだった。隣の女性を見ながら彼は思う。彼女は壁から現れた影だ。

「これが喜劇じゃないのは確かなの?」彼女は言った。「つまり、見てるとそういう感じがするんだけど」

背の低いモーテルの背後にそびえる、高く気味の悪い家を彼女は見ていた。塔のある家で、母親がときどき寝室の窓際に座り、ノーマン・ベイツが異性装という地獄をさまようところだ。

彼はこのことについて考えた。ノーマン・ベイツと母親についてだ。

彼は言った。「自分が別の人生を生きているところを想像できる?」

「そんなの簡単すぎるでしょ。何か他のことを訊いて」

だが彼は他の質問を思い浮かべられなかった。この映画が喜劇かもしれないという見解を否定したかった。彼が見逃した何かを彼女は見ているのだろうか? 映写のゆっくりとした脈動が、一人には何かを示し、もう一人にはそれを隠していたのだろうか? 妹や恋人が保安官や妻と話しているのを彼らは見た。一緒に夕食を食べようという話にまで会話を持っていけるだろうか、と彼は考えたが、そのとき会話はしていなかった。

近くで何かつまみましょうか、と彼は言うだろう。

どうでしょう、と彼女は言うだろう。三十分後にある場所まで行かなきゃならないかもしれないの。

彼は想像した。自分が振り向いて彼女を壁に追いつめる。空っぽのこの部屋には他に警備員しかいない。彼はじっと前を向いたまま、どこでもない場所で、身動きせずにいる。映画はまだ続いていていて、女性は壁に追いつめられたまま、同じように身動きせず、彼の肩越しに映画を見ている。美術館の警備員は腰にピストルを付けているはずだ、と彼は考えた。ここには守らなければならないとても貴重な芸術作品がある。そして銃を持った男の存在は、見るという行為がどんなものかをこの部屋にいる全員に明らかにするだろう。

「さあ」彼女は言った。「もう行かなきゃ」

彼は言った。「行くんですね」

それは平板な発言だった。行くんですね。反射的に口に出された言葉からは失望が剝ぎ取られていた。彼には失望を感じる暇はなかった。理由もなく腕時計を見た。それは馬鹿みたいにただ立っているよりましだからする何かだ。理論的には、そうすることで彼は考える時間を稼げるはずだった。彼女はもうドアに向かって動き出していて、彼は急いで追った。だが静かに、自分を見ているかもしれない誰かから目をそらしたまま。ドアは横に滑って開き、彼は彼女の後ろにいた。光のなかに出ていき、エスカレーターに乗り、次々と階を下っていき、そしてロビーを横切り、回転ドアを通り抜けて外に出た。

彼は彼女に追いついた。微笑んだり彼女に触れないように注意したりしながら言った。「ときどきは普通の映画でもこんなことをしませんか？　座る座席があって、スクリーンでは登場人物たちが笑ったり泣いたり叫んだりしてるところで」

彼女は立ち止まって聞いていた。歩道の真ん中で、彼のほうに半分振り向いたままで。何人もが彼女を押しのけて通り過ぎた。

彼女は言った。「それって進歩なの？」

「そうじゃないかもしれません」彼は言った。今回は微笑んでいた。それから言った。「私のこと何か知りたいですか？」

彼女は肩をすくめた。

「子供のころ、頭のなかでよく掛け算をしたもんです。六桁の数字かける五桁の数字、八桁かける七桁、昼も夜もね。私は天才もどきだったんですよ」

彼女は言った。「以前私は、唇を見れば人が言っていることを読み取れました。人が何か言う前に、唇を見ればわかってしまう。聞かずに見るだけ。そういうこと。誰かが何か言っているとき、音だけ消してしまえた」

「子供のころ」

「子供のころ」彼女は言った。

彼はまっすぐに彼女を見た。

「電話番号を教えてくれれば、いつか電話します」

彼女は、問題ない、というように肩をすくめた。そういう意味で肩をすくめたのだった。問題ない、いいでしょう、たぶん。だがもし一時間後に彼を道で見かけたら、おそらくそれが誰か、どこで出会ったのかもわからないだろう。彼女は電話番号を素早く空で言うと、振り向いて東に歩き出し、繁華街の人混みに消えた。

彼は美術館の混んだロビーに再び入っていき、ベンチの一つに狭苦しい空間を見つけた。そして頭を下げて考えようとした。すべてを避けようとした。声の、言葉の、口調の持続音を。雑音を身にまといながらうごめく人々、雑音にまみれた生涯、壁面や天井で反射するどよめきは騒々しく取り囲み、彼を縮こまらせる。だが彼女の電話番号は手に入れた。大事なのはこれだ。番号はしっかりと記憶している。いつ電話しよう、二日後か、三日後か。そのあいだ座って考えていよう。二人が何を話したか、彼女はどんな見た目だったか、どこに住んでいるだろうか、どんなふうに時間を過ごしているだろうかを。

そのとき疑問が浮かんだ。彼は彼女の名前を訊ねただろうか？　彼女の名前は訊ねなかった。心のなかで自分を責める身振りをした。教師が立てた指を振り生徒を叱る、というマンガの一コマを思い浮かべたのだ。まあいい、これについても考えることはできるだろう。名前について考える。名前をいくつも書き出す。顔から名前を推測できるかやってみる。子供のころ彼が頭のなかで計算していたという話をしたとき、彼女の顔は少し明るくなった。明るくなったというより緩んだという感じで、彼女の目には興味の色が浮かんだ。だがその話は本当ではなかった。彼は頭のなかで大きな数字をかけ合わせたことなど一度もない。この話を彼が何度か人にしたことがあったのは、自分を説明する役に立つと思ったからだった。

彼はこっそり腕時計を見て、ためらいもせず切符売り場まで歩いていき、入場料を全額払った。時間のことを考えれば、大人料金の半額でも、あるいは無料でもよかっただろう。無料でもよかったはずだ。彼は手に持った切符を目を細めて見ると、六階まで急いだ。エスカレーターを二段飛ばしで駆け上がった。全員が反対方向に下っていった。彼は暗い展示室に入った。あの速度に、映像の持つほとんど静止したリズムに浸りたかった。フランス人のカップルはいなくなっていた。一人の客と警備員と彼だけだった——ここで、もう一時間もない展示を見ているのは。彼は壁のところに自分の場所を見つけた。完璧に没入したかった。それがどういう意味を持つのであれ。そして彼はその意味に気づいた。彼は映画の速度をさらに落としてほしかったのだ。目と心をもっと没頭させる必要があった。いつもそうだ。見たものは目を通り抜けて血のなかに、濃密な感覚のなかに入り込んできて、彼と意識を分かち合う。

ノーマン・ベイツは恐ろしいほど無表情なまま受話器を置く。彼はモーテルの事務所の明かりを消すだろう。段の付いた道を歩いて古い家に行くだろう。数部屋には明かりがついていて、背景は暗い空だ。それから、アングルが変わりながらショットが続く。彼はシークエンスを思い出す。壁の前に立って待ちかまえている。実際の時間など無意味だ。フレーズなど無意味だ。そんなものはない。スクリーンではノーマン・ベイツが受話器を置いている。残りはまだ起こっていない。彼は見ながら前もって、このシーンが終わる前に美術館が閉まるのではないかと恐れている。美術館のある主要な国々すべての言語で、美術館中に館内放送が鳴り響くだろう。ノーマン・ベイツを演じているアンソニー・パーキンスはまだ階段を上り寝室に向かっている。寝室ではずっと死んだままの母親が横たわっている。

もう一人が背の高いドアから出て行く。今や彼と警備員だけだ。スクリーンの上ですべての動きが止まり、映像が揺れながら消えていくところを彼は想像する。警備員が腰の銃をホルスターから抜き、自分の頭を打ち抜くのを想像する。そして映写は終わり、美術館は閉まり、彼は暗い部屋にたった一人、警備員の死体とともに残されるのだ。

こうしたことを考えたのは彼のせいではない。だが彼が考えたことではないか？　彼は注意をスクリーンに戻す。そこではすべてが強烈にそのままでいる。彼はなにが起こっているかを見て、もっとゆっくり起こってくれればと思う。そうだ。だが同時に、ノーマン・ベイツが白いネグリジェ姿の母親を抱えて階段を下りるシーンまで彼の心は先走ってもいる。

おかげで彼は自分の母親のことを考える。考えずになどいられるだろうか。彼女が死ぬ前のことだ。二人は聳《そび》え立つ高層ビルの谷間にある小さなアパートに閉じ込められていた。そして古い家のドアの外に立っているノーマン・ベイツの影が映る。内側から見られた影だ。それからドアが開きはじめる。

その男は壁から身を引き離し、自分が毛穴一つずつ同化していくのを待っている。自分が溶けてノーマン・ベイツの姿になるのを待っているのだ。ノーマン・ベイツは家のなかに入ってきて、意識下の速度、一秒あたり二コマで階段を上がっていき、母親の部屋のドアのほうを向くだろう。

ときに彼は彼女のベッドのそばに座り、彼女に何かを言い、答えを待つだろう。

ときに彼はただ彼女を見ているだろう。

ときに雨の前に風が吹き、窓を横切って飛ぶ鳥たちを連れてくる。魂の鳥たちは夜を渡っていく。夢よりも不思議な夜を。

## 謝辞

《二十四時間サイコ》(*24 Hour Psycho*)はダグラス・ゴードンのビデオ作品で、一九九三年にグラスゴーとベルリンで初上映された。二〇〇六年夏、ニューヨーク近代美術館に展示された。

# 訳者あとがき

暗い部屋に、一枚の布がぶら下がっている。その上で音もなく、白黒のイメージが、とてもゆっくりと動いている。部屋は真っ暗だ。その暗闇の中に、男がじっと立っている。彼はもう三日続けてここに通ってきているのだ。何時間も、美術館が閉館になるまでじっと映像を眺め続けている。多くの人がこの部屋に入ってきては、ほんの数分で出ていくのに。

「匿名の人物」と名付けられた『ポイント・オメガ』の序章で、ドン・デリーロはこの奇妙な男と映像の関係について描き続ける。実はこれは実在の作品なのだ。作者はダグラス・ゴードンで、題名は《二十四時間サイコ》である。ニューヨーク近代美術館の六階にある一部屋を使って展示されたこの作品で、映像は通常、一秒間に二十四コマ進むところを、二コマにまで減速されている。そのことで、誰でもが知っているはずのヒッチコック作品はまったく違ったものになる。「このビデオは時間や運動といった主題についての瞑想のように私には思えました。私たちが何を見るのか、どうやって見るのか、通常の状況で何を見落としているのか、についてのです。私は次の日も、そして数日後も見に行きました。そのたびに、見ている時間は延びていきました。そして三度目か四度目になって、この経験から一つの作品が飛び出そうとしていることに気づいたのです」(Barnes and Noble Interview)。

実はアートや映像への関心から作品を生み出すというのは、ドン・デリーロにとって初めてのことではない。デリーロをアメリカ文学の大御所にまで一気に押し上げた大作『アンダーワールド』(一九九七年)にも、失われたホームランボールの行方を探すべく、ニュース映像を極限まで拡大する男が登場するし、ケネディ暗殺を扱った『リブラ』(一九八八年)で調査官は、暗殺の瞬間を捉えたザプルーダー・フィルムを一フレームずつ眺め続ける。あるいは、『マオII』(一九九一年)では、アンディ・ウォーホルのシルクスクリーン作品として増殖する毛沢東首席の肖像と、メディア上の群衆とが対比されていた。そして短編集『天使エスメラルダ』(二〇一一年)に収録されている「バーダー=マインホフ」では、ドイツ赤軍のメンバーの死を描いた絵画を見に来た女性が、まるで偶然のように画面に現れた十字架を見て、テロリストたちも許され得ると思う。

さて、本作『ポイント・オメガ』の舞台は二つだ。すなわち、映画を上映している展示室と砂漠の真ん中の家だけである。だが扱われている主題は壮大だ。二〇〇三年から始まったブッシュ政権のイラク戦争にブレーンとして参加した、デリーロとほぼ同い年の学者、リチャード・エルスターは職を解かれたあと、「何もしない」ためにこの、サンディエゴ郊外にあるアンザボレゴの砂漠にやって来た。実は古生物学者をしていた前妻がここに家を持っていたのだ。二〇〇六年の夏の終わり、ほんの二、三日滞在する予定で、ジム・フィンリーがやってくる。三十七歳の彼は、エルスターが自らの経験についてひたすらしゃべるだけの映画を撮ろうしていた。だがなかなか撮影を始められないまま、気づけば数週間が過ぎてしまう。

デリーロは言う。「エルスターは権力にたぶらかされた知識人だ」(Barnes and Noble Interview)。まさにその通り、大量破壊兵器も発見されず、テロも止められなかったあの正義なき戦争に若者たちを送りこむ手伝いをしながら、彼はいまだに自分を正当化する。そして現実を作りあげる役目は自分たちのものだ、と彼は言う。しかし読者は彼を一方的に嫌うことができない。普段の彼は暴力を憎み、娘を愛し、人類の進化について語る複雑な人物でもあるのだから。そして物語は意外な形で展開する。エルスターの娘ジェシーが途中からこの男二人の生活に参加する。彼女はある男に付きまとわれて、ニューヨークからここまで避難してきたのだ。ある日エルスターとジムが食料雑貨を買いに車で町に行き、戻るとジェシーがいない。交通機関も全くないのに、だ。

このような作品を書いたドン・デリーロとはどういう人物なのか。かつて高名な批評家ハロルド・ブルームは語った。現代アメリカを代表する作家はトマス・ピンチョンとフィリップ・ロス、コーマック・マッカーシーにドン・デリーロだと。そしてロス亡き今、デリーロはアメリカで最もノーベル文学賞に近い一人である。一九三六年、イタリア系移民の息子としてニューヨークのブロンクス地区に生まれた彼はカトリックの信仰に囲まれて育った。同地区にあるカトリック系のフォーダム大学で学び、広告業界で働き始めるも数年で退職、その後は専業作家として活動してきた。処女作『アメリカーナ』が出版されたのは一九七一年だが、広く読者に知られるようになったのは、ヒトラー研究者が有毒化学物質の雲に襲われる『ホワイト・ノイズ』で一九八五年に全米図書賞を獲り、続いて中東のテロとカルトの集団結婚式を描いた『マオⅡ』で一九九二年にペン／フォークナー賞を受賞して以降のことである。その後は年々評価も高まり、冷戦下のアメリカ文化について巨大なスケールで展開した『アンダーワールド』出版後に、国際的な文学賞であるエルサレム賞も獲得した。二〇一五年にはアメリカ文学に大きく貢献したとして全米図書賞を贈られている。

タイトルにもあるオメガ・ポイントとは何か。これはフランス出身のイエズス会神父、テイヤール・ド・シャルダンの用語である。一八八一年に生まれ、古生物学者と宗教者という二つのキャリアを重ね、北京原人の発掘にも立ち会った彼は、『現象としての人間』（一九五五年）でこう語る。物質と精神は同じエネルギーの二つの現われにすぎない。無機物の支配、生物の誕生、人間の出現と進化を続けてきた世界はやがて人間を越え、すべてのエゴイズムを離脱した完全な一点にまで到達する。それを彼はオメガ・ポイント（終局の点）と呼んだ。すなわち、世界はアルファ・ポイント（始発の点）からオメガ・ポイントまで旅していくのだ。宇宙生命力に満ちたオメガ・ポイントには愛しかない。そしてここにおいて、キリスト教と現代の科学はついに一致する。

イエズス会の神父であったテイヤール・ド・シャルダンの思想が持ち出されるのも、イタリア系アメリカ人としてカトリックの教育を受けたデリーロの出自が関係しているのだろう。彼は語る。「砂漠において、エルスターは時間について今までとは全く違うように考え始めます。時間は巨大に、地理学的になるのです。そして彼は進化や絶滅という言葉を使いながら、時間について考えだします。そのせいで、イエズス会の思想家であり古生物学者でもあるテイヤール・ド・シャルダンの作品を思い浮かべるのです。オメガ・ポイントという考えが、彼の思考にも、この本にも入っています――人類の意識は既に使い尽くされてしまい、この地点から後は、何らかの激動か、すさまじく崇高で想像を絶した何かが起こるのではないか、という考えです」(Wall Street Journal Interview)。

確かにエルスターは言っている。「テイヤール神父はこれを知っていた。オメガ・ポイントさ。我々は生物学の領域から飛び出すんだ。自分に問いかけてみたらいい。我々は永遠に人類じゃなきゃならないのかって。意識なんてもう干上がってしまった。今や無機物に還るんだ。我々はそうしたいのさ。野原の石ころになりたいんだ」(六八―六九頁)。砂漠のなかで暮らしながら、エルスターの意識は宇宙の運命にまで拡大する。

だが、こうしたエルスターの宇宙論は皮肉な結果を迎える。失踪した自分の娘を探すうちに、彼は苦しみ、弱り、老いさらばえていく。果たしてまだ彼女は生きているのか。あるいは周囲に転がる石に、あるいは砂漠にぽつんと落ちていたナイフに変わったのか。かつて政府に関わり膨大な死を人々にもたらした彼は、今やたった一人の娘の生死に向き合い、正気を失っていく。ここでは、国家や宗教、そして遠大な宇宙論も役に立たない。

たった百五十ページの中編でありながら、本書にはゆっくりとした瞑想的な時間が流れている。無駄のない研ぎ澄まされた文章をたどりながら、読者はその遅さの中で、政治や命の意味、愛といったものへの思索を深めることができるだろう。こうした身近なものと世界とが出会う場所を描きながら、読む者を心の旅に誘う力がデリーロ作品の魅力である。そうした力は、本書でも十分に発揮されている。
かつて主要作品が軒並み翻訳されていたにもかかわらず、現在書店で手に入るデリーロの作品は『堕ちてゆく男』と『天使エスメラルダ』（ともに新潮社）の二冊にすぎない。本書の出版が、こうした不幸な情況を少しでも変えることを僕は強く願っている。ちなみに、同じ水声社から、続いて代表作『ホワイト・ノイズ』の新訳も刊行予定だ。

短い作品でありながら、本書の刊行までには長い時間がかかってしまった。これもひとえに僕のせいである。最初の担当者である下平尾直さん、そして今の担当者の小泉直哉さんには多大な迷惑をかけてしまいました。申し訳ありません。手厚いサポートに感謝しています。そしていつも支えてくれる家族へ。どうもありがとうございました。

二〇一八年十二月二日　千葉の寓居にて

都甲幸治

＊本稿は『21世紀の世界文学30冊を読む』（新潮社、二〇一二年）所収のエッセイを大幅に改稿したものです。

## 著者／訳者について——

**ドン・デリーロ**（Don DeLillo）　一九三六年、ニューヨークに生まれる。アメリカ合衆国を代表する小説家、劇作家の一人。一九七一年、『アメリカーナ』でデビュー。一九八五年、『ホワイト・ノイズ』（邦訳＝集英社、一九九三年）で全米図書賞受賞、一九九二年、『マオⅡ』（邦訳＝本の友社、二〇〇〇年）でペン／フォークナー賞受賞、一九九九年、全著作を対象としたエルサレム賞受賞、二〇〇八年、全米芸術クラブより名誉メダル授与。他の代表作に、『アンダーワールド』（一九九七年／邦訳＝新潮社、二〇〇二年）、『コズモポリス』（二〇〇三年／邦訳＝新潮社、二〇〇四年）、『堕ちてゆく男』（二〇〇七年／邦訳＝新潮社、二〇〇九年）などがある。

＊

**都甲幸治**（とこうこうじ）　一九六九年、福岡県に生まれる。現在、早稲田大学文学学術院教授、翻訳家。専攻はアメリカ文学・文化。主な著書に、『偽アメリカ文学の誕生』（水声社、二〇〇九年）、『21世紀の世界文学30冊を読む』（新潮社、二〇一二年）、『狂喜の読み屋』（共和国、二〇一四年）、『読んで、訳して、語り合う。——都甲幸治対談集』（立東舎、二〇一五年）など、主な訳書に、ジュノ・ディアス『オスカー・ワオの短く凄まじい人生』（共訳、新潮社、二〇一一年）、同『こうしてお前は彼女にフラれる』（共訳、新潮社、二〇一三年）、ドン・デリーロ『天使エスメラルダ』（共訳、新潮社、二〇一三年）などがある。

装幀——宗利淳一

# ポイント・オメガ

二〇一九年一月一〇日第一版第一刷印刷　二〇一九年一月一五日第一版第一刷発行

**著者**――ドン・デリーロ

**訳者**――都甲幸治

**発行者**――鈴木宏

**発行所**――株式会社水声社

東京都文京区小石川二―七―五　郵便番号一一二―〇〇〇二
電話〇三―三八一八―六〇四〇　ＦＡＸ〇三―三八一八―二四三七
［**編集部**］横浜市港北区新吉田東一―七七―一七　郵便番号二二三―〇〇五八
電話〇四五―七一七―五三五六　ＦＡＸ〇四五―七一七―五三五七
郵便振替〇〇一八〇―四―六五四一〇〇
URL：http://www.suiseisha.net

**印刷・製本**――精興社

ISBN978-4-8010-0010-0